D1879799

सत्यजित राय

2 मई, 1921 को गड़पार रोड, दक्षिणी कलकत्ता (बंगाल) में जन्म। पिता सुकुमार राय एक प्रतिष्ठित व्यक्ति थे।

प्रारम्भिक शिक्षा घर पर हुई। पाँच साल की आयु में माँ सुप्रभा राय के साथ भवानीपुर में नाना के घर जाकर रहने लगे। सन् 1936 में बालीगंज गवर्नमेंट हाईस्कूल से मैट्रिक पास किया। इसके बाद प्रेसीडेंसी कॉलेज और शान्तिनिकेतन से शिक्षा ग्रहण की।

बांग्ला फ़िल्मों के अन्तरराष्ट्रीय ख्यातिप्राप्त निर्देशक होने के साथ-साथ उच्च कोटि के संगीतकार, चित्रकार, छायाकार, पत्रकार और लेखक। बच्चों के लिए विशेष तौर पर काम किया है।

'पथेर पांचाली' उनकी विश्वप्रसिद्ध बांग्ला फ़िल्म है। हिन्दी सिनेमा को भी उन्होंने 'सद्गति' और 'शतरंज के खिलाड़ी' जैसी फ़िल्में दीं। अपनी कला-मर्मज्ञता के कारण वे कई उच्चस्तरीय राष्ट्रीय व अन्तरराष्ट्रीय समितियों के पदाधिकारी रहे। भारत के सर्वोच्च नागरिक सम्मान 'भारत रत्न' और ऑस्कर समेत अनेक सम्मानों, पुरस्कारों से सम्मानित।

निधन : 23 अप्रैल, 1992

नयन रहस्य

सत्यजित राय

बांग्ला से अनुवाद
मुक्ति गोस्वामी

रेमाधव पेपरबैक्स

रेमाधव पेपरबैक्स में
पहला संस्करण : 2023
दूसरा संस्करण : 2025

© संदीप राय
© हिन्दी अनुवाद : रेमाधव पब्लिकेशन्स प्रा. लि.

रेमाधव पेपरबैक्स : उत्कृष्ट साहित्य के जनसुलभ संस्करण

रेमाधव पब्लिकेशन्स प्राइवेट लिमिटेड
जी-17, जगतपुरी, दिल्ली-110 051
द्वारा प्रकाशित

शाखाएँ : अशोक राजपथ, साइंस कॉलेज के सामने, पटना-800 006
पहली मंजिल, दरबारी बिल्डिंग, महात्मा गांधी मार्ग, प्रयागराज-211 001
1, अनमोल सोराबजी संतुक लेन, धोबी तलाव, मरीन लाइंस, मुम्बई-400 002
वेबसाइट : www.remadhav.com
ई-मेल : contact@remadhav.com

बी.के. ऑफसेट
नवीन शाहदरा, दिल्ली-110 032
द्वारा मुद्रित

मूल्य : ₹ 199

NAYAN RAHASYA
Novel by Satyajit Ray
Translated by Mukti Goswami

ISBN : 978-93-95328-09-8

नयन रहस्य

कुछ दिनों से फेलूदा अत्यन्त उदास दिख रहे थे। मैंने तो उदास कहा है, लालमोहन बाबू तो अब तक इसके लिए कम-से-कम बारह विशेषणों का प्रयोग कर चुके हैं। वे रोज नए-नए विशेषणों का प्रयोग करते हैं। उनमें हतोद्यम, विषण्ण, विमर्ष, निस्तेज, निष्प्रभ आदि तो थे ही, अकर्मण्य तक कह डाला था। हालाँकि इनमें से एक भी विशेषण उन्होंने फेलूदा को नहीं कहा था। वह मुझको कहते थे। आज जब उनसे रहा नहीं गया, सीधे फेलूदा से ही पूछ बैठे—

"महाशय जी, आप कई दिनों से इतने म्रियमाण क्यों दिख रहे हैं?"

फेलूदा सोफे पर टेक लगाकर सामने कॉफी टेबल पर पैर पसार कर बैठे थे। उनकी नजर जमीन पर थी। लालमोहन बाबू के सवाल का उन पर कोई असर नहीं पड़ा, वे वैसे ही बैठे रहे।

"देखिए, यह आप ठीक नहीं कर रहे हैं।" जटायु अभिमान भरे स्वर से बोले। मेरे यहाँ आने का एक मकसद था—जमकर अड्डेबाजी करना। आप अगर रोज इस तरह से मुँह फुलाकर बैठे रहेंगे तो मेरे आने का कोई मतलब नहीं रह

जाता। कुछ रोशनी डालिए जिससे अन्दाजा तो लगे बात क्या है। ऐसा भी हो सकता है कि आपकी इस कंडीशन की रेमिडी शायद मैं ही सप्लाई कर सकूँ। पहले तो मेरे आते ही आपकी भौंहें नाचने लगती थीं, आजकल आप मुझे देखकर मुँह फेर लेते हैं।"

"सॉरी!" जमीन पर नजरें गड़ाए फेलूदा धीमे स्वर में बोले।

"नो नीड टू अपोलोजाइज फेलू बाबू। केवल इतना बताइए कि आप उदास क्यों है, बाकी बातें बाद में होंगी। काइंडली बताइए। खुशी की इतनी स्मृतियों से भरे इस कमरे में ऐसा भारीपन मुझसे बरदाश्त नहीं हो रहा है। बताइए न, क्या हुआ है?"

"चिट्ठी!" फेलूदा बोले।

"चिट्ठी?"

"हाँ, चिट्ठी।"

"किसकी चिट्ठी? चिट्ठी में ऐसा क्या लिखा है जो आपके मन में अँधेरा भर दे। किसकी चिट्ठी है महाशय!"

"पाठक।"

"कैसे पाठक?"

"श्रीमान तपेश के लिखे हुए 'प्रदोषचन्द्र मित्र के कारनामों' के पाठक।"

"पाठक ने क्या उस पर ऑब्जेक्शन किया है?"

"पाठक सिंगुलर नहीं है लालमोहन बाबू, पाठक प्लूरल है। मैंने गिनकर देखा छप्पन चिट्ठियाँ हैं, सभी चिट्ठियों में घुमा-फिराकर एक ही बात कही गई है।"

मैं तो इन सब चिट्ठियों के बारे में कुछ नहीं जानता था। फेलूदा के पास रोजाना चार-पाँच चिट्ठियाँ आती हैं इतना तो मैं जानता था, लेकिन वे कैसी चिट्ठियाँ होती थीं यह मैंने उनसे कभी नहीं पूछा था।

"एक ही बात का मतलब!" जटायु ने पूछा, "ऐसी क्या बात है?" "फेलू मित्र के क्रियाकलाप अब उतने रोमांचक नहीं रह गए हैं। जटायु पहले की तरह हँसा नहीं पाते हैं। तपेश के विवरण भी नीरस होते जा रहे हैं..." लालमोहन बाबू अचानक झुंझला उठे, "हँसा नहीं पाते हैं। जटायु हँसा नहीं पाते हैं? मैं क्या भाँड़ हूँ?"

"नहीं-नहीं," फेलूदा बोले, "आप भाँड़ क्यों होंगे? भाँड़, क्लाउन, जोकर—ये सब अत्यन्त अपमानजनक शब्द हैं। आप तो विदूषक हैं। इस तरह से खुद की कल्पना कर देखिएगा, आपको बुरा नहीं लगेगा।"

इन बातों से लालमोहन बाबू का गुस्सा ठंडा नहीं हुआ, उलटा वे खीजकर फेलूदा की तरफ पीठ करके खड़े होकर बोले, "आई एम रियली डिसएपाइंटेड! छि: छि: छि:—इन चिट्ठियों को आपने सँभालकर रखा है। मिलते ही फाड़कर कूड़ेदान में फेंक क्यों नहीं दिया?"

"नहीं फेंका नहीं" फेलूदा गम्भीर स्वर में बोले, "क्योंकि इन्हीं पाठकों ने आज तक हमें सपोर्ट किया है। अब अगर वे कहते हैं, 'थ्री मस्केटियर्स' को असमय बुढ़ापा आ गया है, तो मैं इसे नजरअन्दाज नहीं कर सकता।"

"असमय बुढ़ापा!" घुटनों पर थप्पड़ मार कर आँखें बड़ी-बड़ी करके जटायु बोले, "तपेश की बात छोड़ ही देता हूँ—आप तो सुपरहिट चिरतरुण हैं। तपेश भी आपकी तरह रेगुलर योग-व्यायाम करता है। उसके शरीर में चर्बी का नामोनिशान नहीं है। और मैं तो मैं हूँ—अभी भी...अभी उस दिन...अपने पड़ोसी, सेवेनटीन इयर्स माई जूनियर, सोमेश्वर हाजरा को पंजा लड़ाकर हरा दिया था—ये क्या बुढ़ापे के लक्षण हैं? इनसान की उम्र तो बढ़ेगी ही, लेकिन उसके साथ बुद्धि भी बढ़ती है, तजुर्बा भी बढ़ता है; इसकी क्या कोई कीमत नहीं है?"

"यही तो बात है कि पाठकों को इसका कोई सबूत नहीं मिल रहा है।"

"यह भी तो एक तरह का रहस्य ही है। आप इसका कोई कारण ढूँढ़ पाए हैं?"

फेलूदा टेबल से पैर उतारकर तनकर बैठ गए।

"सुनिए, लालमोहन बाबू—जनप्रियता के साथ-साथ कुछ जिम्मेदारियाँ और खतरे भी आते हैं, यह आप भी जानते हैं। प्रकाशकों का दबाव क्या आप को झेलना नहीं पड़ता?"

"पूछिए मत, वह तो ट्रिमेंडस है।"

"जानता हूँ। लेकिन फेलूदा की लोकप्रियता और प्रखर-रुद्र की लोकप्रियता एक चीज नहीं है। आपके ऊपर दबाव पड़ने से आप कल्पना का आश्रय लेकर साँप-मेढ़क-बिच्छू कुछ भी खड़ा कर सकते हैं। ऐसा करके आप प्रकाशकों के दबाव को कम कर सकते हैं। लेकिन तोपशे पर जब दबाव पड़ता है तब कल्पना के सहारे बात नहीं बनती। असल में मेरे साथ जो कुछ होता है, उसे थोड़ा पॉलिश करके उपन्यास के रूप में प्रकाशक के हाथों में देना पड़ता है। एक महीने पहले फेलूदा का एक नया एडवेंचर, पुस्तक रूप में बाजार में छा गया था। ये छप्पन चिट्ठियाँ उसी का नतीजा हैं। वजह और कुछ भी नहीं, हर साल मेरे पास ऐसा कोई केस मिलेगा ही, जिससे रोमांचक उपन्यास तैयार हो जाएगा, इसकी क्या गारंटी है? और यह भी भूलने से काम नहीं चलेगा कि मेरे पाठक मूलत: किशोर-किशोरियाँ होते हैं। मैं अपने ऐसे कई मामलों का उदाहरण दे सकता हूँ, चित्ताकर्षक होने के बावजूद जिनमें ऐसी कुछ बातें होती हैं, जिन्हें किसी भी हालत में किशोर-किशोरियों को परोसा नहीं जा सकता।"

"जैसे लखाईपुर की उस दोहरे-हत्या का मामला?"

"हाँ! उस मामले में तो मैंने तोपशे को अपने पास फटकने भी नहीं दिया था—हालाँकि वह अब दूधपीता बच्चा नहीं है, कहा जाए तो वह अपनी उम्र के हिसाब से बहुत कुछ ज्यादा जानता और समझता है।"

"इसका मतलब आप कहना चाहते हैं कि तोपशे को चुनकर गलत किया है?"

“ऐसा नहीं होता अगर वह प्रकाशक के दबाव में आकर घबरा न गया होता। मैं उसे कैसे कसूरवार ठहरा सकता हूँ, कहिए? मेरे केस पर आधारित वह जो कुछ लिखता है उसे लोग किशोर-उपन्यास ही कहते हैं। ये उपन्यास अगर किशोर ही पढ़ते तो कोई समस्या ही नहीं थी। असल में किशोरों के साथ उनके माता-पिता, मौसी, बुआ, चाचा-चाची, ताऊ-ताई—सभी इन उपन्यासों को पढ़ते हैं। एक साथ इतने वर्ग के लोगों की भूख को शान्त करना क्या कोई मामूली काम है?”

“आप तोपशे को गाइड नहीं करते?”

“अब वही करना है। पहले करता था, इन दिनों नहीं करता। लेकिन उससे पहले प्रकाशकों को समझा देना पड़ेगा कि उपयुक्त केस मिलने पर ही उन्हें उपन्यास मिलेगा वरना नहीं। ऐसा करने से अगर किसी साल फेलूदा न भी छपे तो वह भी उन्हें स्वीकार करना होगा। वे पक्के व्यवसायी हैं। हमारी प्रतिष्ठा के बारे में वे जरा भी नहीं सोचते। यह चिन्ता मुझे ही करनी होगी।”

“पाठकों से भी तो मुकाबला करना होगा। ठीक कह रहा हूँ न? उन्हें इतनी कड़ी चिट्ठियाँ लिखने की जरूरत क्या है?”

“ये लोग बेवकूफ नहीं हैं लालमोहन बाबू! इनकी माँग बिलकुल जायज है। इसे अगर हम पूरा कर सकें तो वे हमें सर चढ़ा रखेंगे।”

“केवल आपको? मुझको नहीं?”

“एक सौ बार! आप और मैं तो एक-दूसरे के पूरक हैं। सोने में सुहागा। ‘सोनार केल्ला’ के समय से ही एरालडाइट से आप मुझसे चिपके हुए है। मेरे बिना आपकी कोई पहचान नहीं है और आपके बिना मेरी।”

लालमोहन बाबू मेरी तरफ देखकर गम्भीर स्वर में बोले, “बी वेरी केयरफुल तपेश।”

यह कहने की कोई आवश्यकता नहीं थी क्योंकि फेलूदा ने स्पष्ट समझा दिया था कि अब से केयरफुल रहने की आधी जिम्मेदारी उनकी थी।

बातों के बीच में फेलूदा ने एक चारमीनार सुलगा ली थी। अब उस अधजली सिगरेट को एशट्रे में फेंककर मेरे पास आकर मेरी पीठ थपथपा कर बोले, "एक सीधी बात समझ ले तोपशे! अब से मेरी तरफ से हरी झंडी न मिलने तक तू हाथ पर हाथ रखकर बैठा रहेगा। ठीक है?"

मैंने भी मुस्कराते हुए गरदन हिलाकर कह दिया—"ठीक है।"

2

यह जो इतने देर तक पैंतरबाजी की, उससे स्पष्ट हो गया कि फेलूदा की तरफ से मुझे हरी झंडी मिल गई है। केवल फेलूदा ही क्यों, नयन के मामले पर लिख रहा हूँ, सुनकर जटायु बड़े जोर से ताली बजाकर बोले, "ग्रेट! ग्रेट, मगर मेरी भूमिका तो इंटैक्ट रहेगी न? तुम्हें सब कुछ याद है न?" मैं बोला, "परेशान होने की कोई वजह नहीं है, सब कुछ मैंने नोट कर रखा है।"

घटना के केन्द्र तक पहुँचने में अभी और कुछ वक्त लगेगा। कहाँ से शुरू करूँ मेरे यह पूछने पर फेलूदा बोले, "तरफदार का शो। दैट इज द स्टार्टिंग पॉइंट!" मैं उन्हीं के कथनानुसार लिख रहा हूँ।

तरफदार एक जादूगर थे। उनका पूरा नाम था सुनील तरफदार। उनके शो का नाम था—'चमकदार तरफदार'। इन दिनों कुकुरमुत्तों की तरह अपने पश्चिम बंगाल में जादूगर पैदा हो रहे हैं। इनमें से कुछ ऐसे हैं जो सचमुच मेहनत करते हैं। प्रतिद्वन्द्विता के दबाव से बहुतों को पीछे हटना पड़ता है।

जो बने रहते हैं उनका मोटे तौर पर एक स्तर होता है। जवानी में फेलूदा को भी जादू का नशा था, जिसका खुलासा मैंने ही एक कहानी में किया है। इसलिए नए जादूगरों में से अनेक जादूगर उन्हें अपने शो में आमिन्त्रत करने आते थे। हम लोग ऐसे कई शो में जा चुके थे; और जाकर हमें हताश नहीं होना पड़ा था।

सुनील तरफदार भी नवोदित जादूगरों में से एक थे। वे अभी साल-भर से शो कर रहे थे। अभी तक उन्हें खास स्वीकृति नहीं मिल पाई थी। हालाँकि दो-चार अखबारों में उनकी प्रशंसा जरूर छपी थी। पिछले दिसम्बर के शुरू में एक दिन सुबह हमारे घर पहुँचकर उन्होंने फेलूदा को पैर छूकर प्रणाम किया था। कोई फेलूदा के पैर छूता है तो उन्हें भीषण संकोच होता है। तरफदार के पैर छूने पर भी वे 'हाँ-हाँ' कर उठे थे।

तरफदार की उम्र तीस-बत्तीस साल से अधिक नहीं थी। लम्बा छरहरा बदन था। होंठों के ऊपर करीने से बनाई गई पतली मूँछें थीं। पैर छूकर वे अपना परिचय देते हुए बोले, "सर, मैं आपका एक बड़ा फैन हूँ। मैं जानता हूँ, आपको भी किसी समय जादू का शौक था। मैं 'महाजाति सदन' में अपना शो करने जा रहा हूँ। आप लोगों के लिए पहले कतार की तीन टिकटें दिए जा रहा हूँ। अगले रविवार को शाम के साढ़े छह बजे आप लोगों के आने से मुझे बहुत प्रसन्नता होगी।"

फेलूदा तत्काल हाँ या ना, कुछ नहीं कह रहे हैं, यह देखकर वे सज्जन झुककर फेलूदा के कन्धों पर हाथ रखकर बोले, "मैं आप लोगों को रविवार के दिन बुला रहा हूँ क्योंकि उस दिन अपने शो में मैं एक नया आईटम पेश करूँगा। मैं यकीन के साथ कह सकता हूँ, ऐसा खेल पहले कभी किसी ने मंच पर नहीं दिखाया होगा।"

फेलूदा ने जाने की हामी भर दी। रविवार के दिन शाम के साढ़े पाँच बजे लालमोहन बाबू अपनी हरे रंग की एम्बेसडर गाड़ी लेकर हमारे घर पहुँच गए। चाय-नाश्ता करके छह बजे रवाना होकर हम लोग शो के पाँच मिनट पहले महाजाति सदन पहुँच गए। दो-दिन पहले अखबार में एक बड़ा आकर्षक विज्ञापन छपा था। भीड़ देखकर लग रहा था कि विज्ञापन ने अपना असर दिखाया था। हम लोग बीच के पैसेज से जाकर पहली कतार में अलग-बगल सीटों पर बैठ गए।

"अखबार में विज्ञापन देखा था?" फेलूदा की तरफ झुककर लालमोहन बाबू ने पूछा।

फेलूदा ने कहा, "हाँ, देखा था।"

उसमें लिखा है, 'अभूतपूर्व नया आकर्षण-ज्योतिष्क—यह ज्योतिष्क क्या चीज है महाशय!"

"थोड़ा धीरज रखिए—समय आने पर पता चल जाएगा।"

तरफदार ने ठीक साढ़े छह बजे शो शुरू कर दिया। पर्दा खुलते ही मैंने फेलूदा की तरफ देखा। उनके चेहरे पर हल्की मुस्कान थी। मैं जानता हूँ, फेलूदा समय को कितना महत्त्व देते हैं। बंगालियों की तरक्की के रास्ते में मूल बाधा, उनका समय के अनुसार काम न, पाना है। तरफदार को इसके विपरीत देखकर फेलूदा प्रसन्न थे।

शो शुरू होने के कुछ ही देर बाद समझ गया कि जादूगर की भड़कीली पोशाक को छोड़कर आजकल के जादूगरों की तुलना में, तड़क-भड़क पर वे कुछ कम जोर देते हैं। यह भी महसूस किया कि ज्यादातर खेलों में कुछ खास नया नहीं था।

इंटरवल के बाद प्रोग्राम के दूसरे चरण में पहली बार चौंकानेवाला कुछ देखने को मिला। यह मानना ही पड़ा कि सम्मोहन कला 'हिपटनॉटिज्म' में तरफदार के साथ बराबरी करने वाला जादूगर बंगाल में शायद ही कोई होगा। एक-के-बाद-एक तीन दर्शकों को मंच पर बुलाकर, अपनी आँखें और पंजे फैलाकर, अपने हाथों को हिला-हिला कर उन्हें सम्मोहित करने के बाद, उनसे जो मरजी वही करवाकर उन्होंने काफी वाह-वाही बटोरी थी।

लेकिन उसके बाद ही तरफदार ने एक गलत चाल चल दी। वे फेलूदा की तरफ देखकर दर्शकों को सम्बोधित करके बोले, "अब मैं पहली कतार में बैठे स्वनामधन्य जासूसश्रेष्ठ श्री प्रदोषचन्द्र मित्र से मंच पर आने का आग्रह करता हूँ।" फेलूदा ने खड़े होकर जटायु की तरफ इशारा

करके कहा, "मुझे नहीं, इन सज्जन को बुलाइए। मुझे बुलाने से खतरा हो सकता है।"

अपनी जवानी के जोश के कारण ही वे शायद कुछ और जोश में आ गए। वे बड़े आत्मविश्वास से हँसकर बोले, "नहीं सर, मैं चाहता हूँ आप ही आइए।"

विपत्ति कहना गलत नहीं होगा। तरफदार की बार-बार तरह-तरह की कोशिशों के बावजूद फेलूदा पूरी तरह पहले की भाँति होश-हवास बनाए रहे। इधर मुझे असहजता महसूस हो रही थी। हॉल दर्शकों से ठसाठस भरा हुआ था और उधर जादूगर के सभी प्रयास व्यर्थ हो रहे थे। अन्त में तरफदार ने जो कुछ किया था वह शायद अपना सम्मान बचाने का एकमात्र तरीका था।

वे बड़ी विनम्रता से दर्शकों को सम्बोधित करके बोले, "फेलू मित्तिर क्या चीज हैं, आप लोगों को यही दिखाने के लिए मैंने इन्हें मंच पर बुलाया था। इनके सामने हार स्वीकार करने में मुझे थोड़ा भी संकोच नहीं हो रहा हैं। मैं चाहता हूँ कि इन आश्चर्यमय व्यक्ति को आप लोग यथायोग्य सम्मान दें।"

हॉल तालियों की गड़गड़ाहट से गूँज उठा। संकोचपूर्वक मंच से उतरकर फेलूदा के अपनी जगह आकर बैठने के बाद, लालमोहन बाबू उनकी तरफ झुककर बोले, "आपकी फिजियोलॉजी ही अलग है।"

लेकिन सर्वाधिक चमत्कार—जिसे देखकर मेरी धड़कनें लगभग बन्द हो गई थीं—उसे होना अभी बाकी था। वही तरफदार का नया और आखिरी खेल था।

जिसको लेकर यह खेल था, वह आठ-नौ वर्ष का एक प्यारा-सा बालक था। उसे लेकर तरफदार मंच पर पहुँच गए। मंच के बीचोबीच एक खूबसूरत कुर्सी रखी थी, लड़के को उस कुर्सी पर बैठाकर, दर्शकों की तरफ देखकर तरफदार बोले, इस बच्चे का नाम ज्योतिष्क है। अभी आप लोगों

को इसकी आश्चर्यजनक क्षमता का परिचय मिल जाएगा। मैं स्वीकार करता हूँ कि इसमें मेरा कोई योगदान नहीं हैं। इसे मंच पर आपके सामने उपस्थित कर पाने के कारण गर्व महसूस कर रहा हूँ। बस इसके अतिरिक्त इसमें मेरी कोई भूमिका नहीं है।"

अब तरफदार उस बालक की तरफ मुड़कर बोले, "ज्योतिष्क, जरा दर्शकों की तरफ देखो तो।"

बालक ने दर्शकों की ओर देखा।

तरफदार बोले, "सामने की कतार में पैसेज की दाहिनी तरफ लाल स्वेटर और काला पैंट पहनकर जो व्यक्ति बैठे हैं, क्या उनके पास रुपये हैं?

जिनके बारे में कहा जा रहा था, वे उठकर खड़े हो गए।

"हाँ हैं।" पतले स्वर में ज्योतिष्क बोला।

"कितने रुपये हैं, बता सकते हो?"

"हाँ, बता सकता हूँ।"

"कितने हैं?"

"बीस रुपये तीस पैसे।" इस बीच उक्त सज्जन ने अपनी जेब से दो दस-दस रुपयों के नोट निकाल लिए थे। पैसेज के दूसरी तरफ बैठने के बावजूद मैं स्पष्ट देख रहा था कि उनकी आँखें बड़ी-बड़ी हो गई थीं। मुँह खुला-का-खुला रह गया था।

"उनके हाथ में जो दो दस-दस के नोट हैं, उनका नम्बर बता सकते हो?"

"ग्यारह ई—एक-एक-एक-तीन-शून्य-दो। और, चौदह-सी-दो-आठ छह-शून्य-दो-पाँच।"

उक्त सज्जन की आँखें और बड़ी हो गईं—

"माई गॉड! ही इज़ ऐब्स्ल्यूटली राइट।"

चारों तरफ तालियों की गड़गड़ाहट और खुशी की अभिव्यक्ति हो रही थी।

तरफदार अब दर्शकों की तरफ देखकर बोले, "अब तक मैं ही ज्योतिष्क से सवाल पूछ रहा था, आप लोगों में से कोई पूछना चाहें तो पूछ सकते हैं। लेकिन इतना ध्यान रखना होगा कि सवाल का अंकों में हो। इस तरह सवालों का जवाब देने में ज्योतिष्क को काफी मानसिक परिश्रम करना पड़ता है, भले ही बाहर से देखकर पता न चलता हो। इसलिए ज्योतिष्क केवल और दो सवालों का ही जवाब देगा, फिर उसकी छुट्टी।"

दो सवालों में से एक सवाल एक युवा दर्शक ने किया—"मैं यहाँ मोटर गाड़ी में आया हूँ। उस गाड़ी का नम्बर तुम बता सकते हो?"

ज्योतिष्क ने नम्बर बताकर कहा, "तुम्हारे पास एक दूसरी गाड़ी भी है, उसका नम्बर है डब्ल्यू.एम.एफ. छह दो तीन दो। उसके बाद तरफदार ने एक लड़के से पूछा, "तुमने क्या इस साल कोई परीक्षा दी है?"

लड़के ने कहा, "माध्यमिक की।" तरफदार ज्योतिष्क की तरफ देखकर बोले, "इस लड़के को माध्यमिक परीक्षा में बांग्ला में कितने नम्बर मिले हैं, बता सकते हो?" ज्योतिष्क बोला, "इक्यासी, इससे ज्यादा नम्बर किसी को नहीं मिले हैं।" जवाब सुनकर लड़का खुद ताली बजाने लगा। शो खत्म हो जाने के बाद फेलूदा बोले, "एक बार बैक-स्टेज में जाना होगा, तरफदार को धन्यवाद दे दूँ।" हम लोग गए। तरफदार आइने के सामने बैठकर अपना मेकअप छुड़ा रहे थे। हम लोगों को देखकर हँसकर खड़े हो गए।

"कैसा लगा, फ्रैंकली कहिए, सर!"

"दो खेलों की तारीफ तो करनी ही पड़ेगी," फेलूदा बोले, "एक, आपकी सम्मोहन शक्ति की, दूसरा, ज्योतिष्क की। इस चमत्कारिक लड़के को आपने कहाँ से ढूँढ़ निकाला है?"

"यह कालीघाट का रहनेवाला है। इसका असली नाम नयन है। ज्योतिष्क नाम मेरा दिया हुआ है। विज्ञापन में ज्योतिष्क नाम ही लिखा है। यह बात मैं आपको ही बता रहा हूँ, काइंडली आप और किसी को मत बताइएगा।"

फेलूदा बोले, "नहीं-नहीं। लेकिन केवल कालीघाट का कहने से तो कोई मतलब नहीं हुआ।"

"पिता का नाम असीम सरकार है, वे निकुंजबिहारी लेन में रहते हैं। बेटे की चमत्कारिक क्षमता देखकर मेरे पास ले आए थे कि सम्भव हो तो मैं इसे कोई काम दिला दूँ। असल में उनका परिवार अभावग्रस्त है, इसलिए उन्हें लगा कि अगर बेटे के जरिये कुछ अतिरिक्त आय हो जाए।"

"वह तो होगी ही। इसमें मुझे कोई शक नहीं है, वह लड़का क्या अपने पिता के पास ही रहता है?"

"जी नहीं, मैंने इसे अपने घर में लाकर रखा है, उसकी पढ़ाई-लिखाई के लिए ट्यूटर रखा है; कल एक डॉक्टर को बुलवाया था। उन्होंने नयन के लिए खास डाइट बताई है।"

"यह सब तो बहुत खर्चीला मामला है।"

"जानता हूँ सर! लेकिन यह भी जानता हूँ कि नयन इज ए गोल्डमाइन। उसकी देखभाल के लिए अगर कर्ज भी लेना पड़े तो वे रुपये थोड़े ही दिनों में वसूल हो जाएँगे।"

"हाँ...लेकिन बेहतर होता अगर आप एक प्रायोजक ढूँढ़ लेते।"

"यह तो मैं भी समझता हूँ। कुछ दिन और देखता हूँ।"

"मैंने आपका बहुत समय ले लिया। जाते-जाते केवल दो बातें और कहना चाहता हूँ। एक तो यह कि सोने की यह खान दूसरे के हाथ न लग जाए, इस पर आपको कड़ी नजर रखनी होगी। मुझे लगा दूसरी कतार में मैंने कुछ पत्रकारों को देखा था।"

"आपने बिलकुल ठीक देखा था सर! ग्यारह पत्रकारों ने आज हमारा शो देखा है, वे शो के बारे में लिखेंगे। मुझे नहीं लगता इसमें चिन्ता की कोई बात है।"

"खैर, अगर नयन के बारे में पूछताछ या फोन करें और आपके मन में किसी तरह की शंका पैदा हो तो मुझे बताने में कोई संकोच मत कीजिएगा।"

"मैनी थैंक्स सर! अब आपसे मेरा एक अनुरोध है।"

"क्या?"

"कृपया, आज के बाद मुझे आप न कहकर तुम कहिएगा।"

3

शुक्रवार के अखबार में नयन के बारे में खबरें छपनी थीं, आज मंगलवार था। लेकिन आज ही तरफदार का फोन आना आश्चर्यजनक लगा। केवल फेलूदा की एकतरफा बातें सुनकर मैं कुछ खास अन्दाज नहीं लगा पा रहा था।

"खबर इसी बीच फैल चुकी है, समझ गया तोपशे? उस दिन आठ सौ लोगों ने शो देखा था; उनमें से कितनों ने नयन के बारे में कितनों से कहा है, उसका अन्दाजा नहीं लगाया जा सकता। मामला गम्भीर हो गया है—तरफदार के पास चार फोन आ चुके हैं। वे भी ऐरे-गैरे व्यक्तियों के नहीं, वे सभी मालदार लोग हैं, सभी नयन के बारे में जानकारी लेने के लिए समय चाहते थे। तरफदार ने उन लोगों को सुबह नौ बजे आने के लिए कहा है। सबको पन्द्रह मिनट का समय दिया है, और यह भी कह दिया है कि उसके साथ और तीन लोग भी रहेंगे—अर्थात मिस्टर फेलू, मिस्टर तपेश और मिस्टर लालू। यह खबर अभी तू जटायु को फोन पर बता दे।"

"लेकिन वे चार व्यक्ति कौन-कौन हैं? क्या तरफदार ने यह नहीं बताया?"

"एक अमेरिकी है, एक उत्तर-भारतीय व्यवसायी है, एक एंग्लो-इंडियन और एक बंगाली है। अमेरिकी प्रभावशाली भी है। अर्थात तरह-तरह के कलाकारों को मंच पर पेश करके पैसा कमाता है, बाकी तीनों के बारे में

वहाँ जाने पर पता चलेगा। जहाँ तक मेरा अन्दाजा है—तरफदार परिस्थिति को अकेला सँभाल नहीं पाएगा, उसने तभी हम लोगों को बुलाया है।"

हम लोगों का फोन पाकर लालमोहन बाबू से रहा नहीं गया। वे तुरन्त हमारे घर पहुँच गए, 'जय भोलेनाथ' कहकर अपने प्रिय सोफे पर बैठकर बोले, "एक जानी-पहचानी महक मिल रही है, मामला क्या है?"

"अभी तक तो महक मिलने वाली कोई बात नहीं हुई है। यह आपकी कल्पना-मात्र है।"

"मैं तो कल से ही उस लड़के के बारे में सोच रहा था। कितना तेज दिमाग है, कैसी आश्चर्यजनक क्षमता है, सोचिए जरा!"

फेलूदा बोले, "कुछ कहा नहीं जा सकता। यह क्षमता कभी भी जादू की तरह गायब भी हो सकती है; तब दूसरे बच्चों में और नयन में कोई फर्क नहीं रह जाएगा।"

"तो फिर कल हम लोग तरफदार के घर मिल रहे हैं?"

"यस, और एक बात, मैं आपको पहले ही बता देता हूँ—कल मैं जासूस बनकर नहीं जा रहा हूँ। मैं खामोश दर्शक बना रहूँगा। जो कुछ बातें करेंगे, आप करेंगे।"

"क्या आप गम्भीरतापूर्वक यह कह रहे हैं?"

"पूरी तरह।"

"ठीक है मैं 'जय माँ तारा' कहकर लग जाऊँगा।"

तरफदार का घर एकडालिया रोड पर था। मामूली दोमंजिला मकान था—कम-से-कम पचास साल पुराना होगा। फाटक पर सशस्त्र दरबान था। समझ गया फेलूदा की हिदायत काम कर रही है।

फेलूदा का नाम सुनकर दरबान ने फाटक खोल दिया। हम लोग अन्दर चले गए।

अन्दर जाते ही दाईं ओर एक छोटा-सा बगीचा था जिसमें क्यारी नहीं बनी थी। सदर दरवाजे की तरफ बढ़ते समय फेलूदा ने बड़े धीमे स्वर में कहा, "देखना, विदिन टू इयर्स तरफदार यह मकान छोड़कर चला जाएगा।"

"कहाँ जाएगा?"

"किसी कोठी में।"

मुख्य दरवाजे पर खड़े दरबान ने भी हम लोगों को सलाम करके अन्दर जाने दिया।

हम लोग जहाँ पहुँचे वह भूतल था, बाईं तरफ से ऊपर जाने की सीढ़ी थी। हम लोग इधर-उधर नजरें घुमा रहे थे, इतने में साफ-सुथरी वेशभूषा में एक नौकर—बेयरा कहना ही शायद ठीक रहेगा, हमारे पास आकर बोला, "आप लोग हमारे साथ आइए।" हम लोग उस नौकर के पीछे-पीछे बैठक में पहुँचे।

"बैठिए, अभी बाबू आ रहे हैं।"

यह कमरा भी बहुत बड़ा नहीं था, लेकिन कमरे में रखे सामान से सुरुचि का परिचय मिल रहा था। दो सोफे पर हम तीनों बैठ गए थे।

"गुड मार्निंग!"

जादूगर हाजिर थे, मगर वे अकेले नहीं थे। उनके साथ एक बहुत बड़ा एलसेशियन कुत्ता था। मैं जानता था फेलूदा को कुत्तों से बहुत प्यार था। चाहे कैसा ही डरावना कुत्ता क्यों न हो, पालतू होने पर उसकी पीठ पर हाथ फेरे बिना वह नहीं रह सकते थे। इस बार भी उन्होंने वैसा ही किया।

"इसका नाम बादशाह है," तरफदार बोले, "उम्र बारह वर्ष, बहुत अच्छा वॉच डॉग है।"

"एक्सेलेण्ट!" फिर सोफे पर बैठते हुए फेलूदा बोले, "तुम्हारे कहे अनुसार हम पन्द्रह मिनट पहले आ गए।"

"आप समय के पक्के हैं, यह मैं जानता था।" तीसरे सोफे पर बैठकर तरफदार बोले।

"तुम्हारा यह मकान क्या किराये का है?" फेलूदा ने पूछा।

"जी नहीं, यह मकान मेरे पिता जी का बनवाया हुआ है। वे जाने-माने एटार्नी थे, एक और मकान है ओल्ड बालीगंज रोड पर। वहाँ मेरे बड़े भाई रहते हैं। दोनों मकान दो भाइयों के नाम कर गए है, एट्टी फोर में पिता जी का देहान्त हो गया था। मैं इसी मकान में पला-बढ़ा हूँ।"

"आपने घर नहीं बसाया है?" जटायु ने पूछा।

"जी नहीं।" मुस्कराकर तरफदार बोले, "जल्दी किस बात की है? पहले अपने शो को प्रतिष्ठित कर लूँ।"

चाय आ गई, साथ में समोसे भी थे। फेलूदा एक समोसा उठाकर बोले, "आज मैं श्रोता हूँ। जो कुछ बोलना होगा यही बोलेंगे।" फिर फेलूदा ने जटायु की ओर संकेत किया—"इन्हें पहचानते हो न?"

"जरूर पहचानता हूँ," आँखें बड़ी-बड़ी करके तरफदार बोले, "बांग्ला के नम्बर वन रहस्य-रोमांच उपन्यास लेखक।"

लालमोहन बाबू लाख कोशिशों के बावजूद आज तक कभी विनम्रता प्रकट नहीं कर पाए हैं। इस बार एक सैल्यूट मारकर उन्होंने स्पष्ट कर दिया कि वे इसकी कोशिश भी नहीं कर रहे हैं।

फेलूदा हाथ का प्याला मेज पर रखकर एक चारमीनार सुलगाकर बोले, "तुम्हें एक बात निःसंकोच कह रहा हूँ सुनील? तुम्हारे शो में मुझे शोमैनशिप की थोड़ी कमी नजर आई थी। आजकल के नए जादूगरों को इस तरफ ध्यान देना होगा। तुम्हारी हिपनॉटिज्म और नयन—दोनों निःसन्देह बहुत हैरतअंगेज आईटम हैं लेकिन आज के दर्शक ताम-झाम और चमक-दमक ज्यादा पसन्द करते हैं।

"जानता हूँ, मैं उम्मीद करता हूँ वह कमी भी अब दूर हो जाएगी। इतने दिनों तक पैसों की कमी से नहीं हो पाया था।"

"वह कमी दूर कैसे होगी?" आँखें फाड़कर फेलूदा बोले।

"यही शुभ सूचना देने का मौका ढूँढ़ रहा था। मुझे एक अच्छा प्रायोजक मिल गया है सर!"

"अभी उस दिन मैंने कहा और इतनी जल्दी...?"

"हाँ सर! फिलहाल मुझे कोई चिन्ता नहीं है।"

"लेकिन क्या मैं जान सकता हूँ, वह आदमी कौन है?"

"आप अन्यथा न लें सर, उन्होंने अपना नाम गुप्त रखने के लिए कहा है।"

"लेकिन इनसे तुम्हारा सम्पर्क कैसे हुआ, यह बताने पर भी पाबन्दी है?"

"बिलकुल नहीं। पिछले रविवार को उनके किसी निकट रिश्तेदार ने मेरा शो देखकर उसी रात फोन करके उनको नयन के बारे में बताया था। उसी दिन रात के दस बजे मुझे उनका फोन आया। उन्होंने फोन पर कहा, वे मुझसे एक बार तुरन्त मिलना चाहते हैं। मैंने उन्हें अगले दिन दस बजे मिलने

का समय दिया। वे ठीक दस बजे मुझसे मिलने आ पहुँचे। फिर बैठकखाने में आकर बैठते ही उन्होंने सबसे पहले यही पूछा कि ज्योतिष्क से किस तरह मिला जा सकता है। नयन मेरे पास ही रहता है, यह सुनकर तुरन्त नयन को बुलवाने का आग्रह किया था। नयन के आने के बाद उन्होंने उससे एक-दो ऐसे सवाल पूछे जिनके जवाब संख्या में थे। नयन के जवाब तो सही होने ही थे। वे सज्जन तो कुछ देर तक नयन को चकित नजरों से देखते ही रह गए, फिर अपने को सँभालकर अपना प्रस्ताव पेश किया था।"

"कैसा प्रस्ताव?"

"उनके प्रस्ताव से तो मेरे हाथों में जैसे चाँद आ गया, उन्होंने कहा कि मेरे शो का सारा खर्चा वे उठाएँगे और वे एक कम्पनी बनाएँगे, जिसका नाम होगा—'मिरैकल्स अनलिमिटेड'। इस कम्पनी का मालिक कौन है, किसी को पता नहीं चलेगा। इस कम्पनी की ओर से मैं शो करूँगा। इसकी प्रतिष्ठा मेरी होगी और खर्चे के बाद जो मुनाफा होगा वह उनका होगा। वे मुझे हर महीने भत्ता भी देंगे जिससे मेरा और नयन का खर्चा आराम से चल जाएगा। मैंने उनके प्रस्ताव को स्वीकार कर लिया है। इससे मेरी सारी चिन्ताएँ खत्म हो गई हैं।"

"लेकिन अचानक वे आपको इतनी सुविधाएँ क्यों दे रहे हैं? आपने उनसे नहीं पूछा?"

"जरूर पूछा था, तब उन्होंने मुझे एक अद्भुत कहानी सुनाई। उनको जादूगर बनने का शौक था। स्कूल के समय से शुरू करके बाईस साल की उम्र तक वे नियमित इसका अभ्यास करते थे। जादू की किताबें और सामान भी इकट्ठा किया था। उनके पिता को उसकी खबर नहीं थी। एक दिन उन्हें इसके बारे में पता चल गया तो गुस्से से आग-बबूला होकर उन्होंने बेटे के जादू का सारा सामान बाहर फेंक दिया और उन्हें व्यवसाय में लगा दिया। पिता बहुत कड़े मिजाज के इनसान थे इसीलिए बेटे को पिता का कहना मानना पड़ा था। बावजूद इसके वे जादू का आकर्षण छोड़ नहीं पाए। वे

बोले कि उन्होंने पैसे बहुत कमाए हैं लेकिन उससे उन्हें सन्तोष नहीं मिला। इस लड़के को देखकर मुझे लगने लगा है कि यह लड़का मेरी जिन्दगी को सार्थक बना सकता है।"

"तुम्हारे साथ लिखा-पढ़ी हो गई है?"

"जी हाँ, अब मैं बहुत हल्का महसूस कर रहा हूँ। नयन के प्रशिक्षक, कपड़े-चिकित्सा आदि के सारे खर्चे वे ही उठाएँगे। हाँ उन्होंने हमसे एक सवाल जरूर पूछा था—कोलकाता से बाहर भारतवर्ष के दूसरे बड़े शहरों में शो करने की इच्छा रखता हूँ या नहीं। मैंने उन्हें बताया कि उसी दिन सुबह मुझे मद्रास से मिस्टर रेड्डी नाम के किसी नाटक कम्पनी के मालिक का फोन मिला था। रविवार रात को हमारा शो देखकर उनके कोलकाता में रहनेवाले किसी दक्षिण भारतीय मित्र ने उन्हें फोन पर नयन के बारे में बताया था। तभी मिस्टर रेड्डी ने अगले दिन सुबह मुझे फोन करके उसके बारे में जानकारी ली थी। यह सुनकर उस सज्जन ने मुझसे पूछा कि मैंने रेड्डी से क्या कहा है? मैंने कहा, उनसे सोचने के लिए कुछ समय माँगा है। यह सुनकर वे सज्जन बोले, तुम रेड्डी को इसी वक्त तार भेज दो कि तुमने उनका आमंत्रण स्वीकार कर लिया है। तुम दक्षिण भारत में शो करने जाओगे, केवल मद्रास में ही नहीं दूसरे शहरों में भी तुम शो करोगे। सारा खर्चा मैं उठाऊँगा।"

"तुम्हें अपने खर्चों का हिसाब नहीं देना होगा?" फेलूदा ने पूछा।

"वह तो देना ही पड़ेगा।" तरफदार बोले, "वह जिम्मेदारी मेरा मैनेजर और दोस्त—शंकर सँभालेगा, वह बहुत काबिल आदमी है।"

इसी सब में पन्द्रह मिनट बीत गए। इसका तब पता चला जब नौकर ने आकर बताया कि एक साहब आए हैं, उनके साथ एक बंगाली बाबू भी हैं।"

"उन्हें अन्दर ले आओ।" तरफदार बोले।

मैंने देखा, जटायु दीर्घ श्वास छोड़कर थोड़ा सतर्क होकर बैठ गए। आगे फेलूदा के चुप रहने की बारी थी।

साहब के बाल पूरी तरह सफेद थे लेकिन उम्र अधिक नहीं थी, यह उनके तने हुए चेहरे से साफ पता चल रहा था।

तरफदार ने उठकर नवागत मेहमान को बैठने के लिए कहा, फिर खुद भी बैठ गए।

फेलूदा उन्हें जगह देकर हमारे सोफे पर लालमोहन बाबू की बगल में आकर बैठ गए थे।

"मेरा नाम सैम केलरमैन है," साहब बोले, "और ये हमारे भारतीय प्रतिनिधि मिस्टर बसाक हैं।"

लालमोहन बाबू ने अपना काम शुरू कर दिया।

"यू आर ऐन इम्प्रेसरिया—सॉरी, इम्प्रेसारिओ?"

"यस! आजकल हमारे देश में भारतीय संस्कृति के प्रति अत्यधिक उत्साह और उत्तेजना है। शायद आप जानते है महाभारत का मंचन हुआ है, उस पर फिल्म भी बनी है। जिसके कारण भारतीय इतिहास का एक नया पहलू उजागर हुआ है।"

"सो यू आर इंटरेस्टेड इन इंडियन कल्चर?"

"आइ ऐम इंटरेस्टेड इन दैट किड।"

"यू मीन सन ऑफ ए गोट?"

मुझे यही डर था। अमेरिकी लोग इनसान के बच्चों को भी किड कहते है, शायद इसे लालमोहन बाबू नहीं जानते थे।

अब मिस्टर बसाक बोले, "ये ज्योतिष्क की बात कर रहे हैं जिसने मिस्टर तरफदार के शो में हिस्सा लिया था।"

"वे इस लड़के के बारे में क्या जानना चाहते हैं, कुछ बताएँगे।" तरफदार ने पूछा। मिस्टर बसाक के सवाल को अंग्रेजी में दोहरा देने के बाद केलरमैन बोले, "मैं इस चमत्कारिक बालक को अपने देश के दर्शकों

के सामने पेश करना चाहता हूँ, ऐसी चमत्कारिक क्षमता भारत के अलावा किसी और देश में देख पाना असम्भव है। लेकिन कुछ निश्चित करने से पहले मैं एक बार उस बालक को देखना चाहता हूँ और उसकी क्षमता को भी परखना चाहता हूँ।"

बसाक बोले, "मिस्टर केलरमैन दुनिया में सर्वाधिक चर्चित तीन इम्प्रेसारियनों में से एक हैं। इक्कीस वर्षों से ये यही काम कर रहे हैं। इस लड़के के लिए वह काफी पैसे देने को तैयार हैं। इसके अतिरिक्त टिकटों की बिक्री से जो पैसा आएगा उसका भी एक हिस्सा इस लड़के को मिलेगा। यह सब अनुबन्ध में लिखा रहेगा।"

तरफदार बोले, "मिस्टर केलरमैन यह चमत्कारिक बच्चा मेरे शो का हिस्सा है। मेरे शो को छोड़कर उसका और कहीं जाने का कोई सवाल ही नहीं पैदा होता है। जल्द ही मैं दक्षिण भारत में शो करने जा रहा हूँ—मद्रास से शुरू होगा। वहाँ की चर्चा शुरू हो गई है। वहाँ इस बच्चे की खबर पहुँच गई है। वहाँ के लोग इसकी अद्‌भुत क्षमता देखने के लिए बेताब हैं। वेरी सॉरी केलरमैन, मैं आपका प्रस्ताव स्वीकार नहीं कर पा रहा हूँ।"

केलरमैन का चेहरा तमतमा गया था। फिर भी उन्होंने अनुरोध करते हुए कहा, "लड़के को एक बार देख तो सकता हूँ। साथ ही अगर उसकी क्षमता की...?"

"इसमें कोई दिक्कत नहीं है," तरफदार बोले, उसके बाद नौकर से नयन को बुलवाया। नयन आकर तरफदार के सोफे पर कुहनी टिकाकर खड़ा हो गया। दिन के समय इतनी नजदीक से उसे देखकर विचित्र लगा था। उसे देखकर यह समझना मुश्किल था कि उसमें ऐसी एक क्षमता थी। हालाँकि उसकी नजरों में बुद्धिमत्ता की स्पष्ट चमक थी।

केलरमैन ने अवाक नजरों से कुछ देर तक नयन को देखा। फिर नयन को स्थिर नजरों से देखते हुए धीमे स्वर में बोले, "क्या यह मेरे बैंक खाते का नम्बर बता सकता है?"

तरफदार के बांग्ला में उस सवाल को दोहराने के बाद नयन ने पूछा, "किस बैंक का? उनका तो तीन बैंकों में खाता है।"

केलरमैन के चेहरे की चमक गायब हो गई। उनका चेहरा फीका पड़ गया। वे थूक निगलकर पहले की तरह धीमे स्वर में अमेरिकी लहजे में बोले, "सिटी बैंक ऑफ न्यूयॉर्क।"

नयन तुरन्त बोला, "वन-टू-वन-एट-टू डैश सेवन-फोर।"

"जीसस क्राइस्ट!"

केलरमैन की आँखें बड़ी-बड़ी हो गईं।

"मैं इसी क्षण तुम्हें बीस हजार डॉलर देने के लिए तैयार हूँ," तरफदार की तरफ देखते हुए केलरमैन बोले, "तुम्हारे जादू के शो से क्या कभी यह इतना पैसा कमा पाएगा?"

तरफदार बोले, "अभी तो शुरुआत है मिस्टर केलरमैन! अभी तो भारतवर्ष के कितने शहर बाकी हैं। फिर पूरी दुनिया में कितने बड़े-बड़े शहर हैं। जादू देखना बच्चे-बूढ़े सभी को अच्छा लगता है और इस बच्चे की जादुई प्रतिभा तो आपने अपने आँखों से देख ली। क्या इसका कोई मुकाबला हो सकता है? बीस हजार ही क्यों, इससे कहीं ज्यादा पैसा यह बालक मेरे शो से नहीं कमाएगा, इसे कोई यकीन के साथ कैसे कह सकता है?"

"क्या इसके पिता हैं?" केलरमैन ने पूछा।

"समझ लीजिए मैं ही इसका पिता हूँ।"

इसी बीच लालमोहन बाबू अचानक बोल पड़े, "सर, इन आवर फिलॉसफी त्याग इज़ इम्पॉर्टेंट दैन भोग।"

यह बात मिस्टर बसाक केलरमैन को अंग्रेजी में समझाकर उठते हुए बोले, "मिस्टर तरफदार आप इस सुनहरे मौके का फायदा नहीं उठा रहे हैं। ऐसा मौका आपको दोबारा नहीं मिलेगा। सोच लीजिए।"

स्पष्ट समझ में आ रहा था कि अगर वह नयन को केलरमैन के हाथों सौंपने में सफल हो जाते तो उन्हें भी मोटी रकम मिलने वाली थी।

"मैंने सोच लिया है।" तरफदार सहज भाव से बोले, मजबूरन केलरमैन को भी उठना पड़ा। जाते-जाते बसाक अपनी जेब से एक कार्ड निकालकर तरफदार को देते हुए बोले, "इसमें मेरा नाम-पता-फोन नम्बर वगैरह हैं। अगर आपका इरादा बदल जाए तो मुझसे सम्पर्क जरूर कीजिएगा।"

तरफदार दोनों को दरवाजे तक छोड़ आए।

"बसाक बहुत शातिर है।" तरफदार के लौटने के बाद फेलूदा बोले, "अन्यथा अमेरिकन 'इम्प्रेसारिओ' का एजेण्ट वह नहीं बन सकता। शायद केलरमैन के कारण ही वह पैसेवाला भी होगा। इतना महँगा फारसी आफ्टर शेव लोशन लगाकर आया था—लेकिन ठुड्डी के नीचे थोड़ा शेविंग क्रीम भी लगा था। मैं समझ गया था वह देर से उठने वालों में से है, तभी नौ बजे मिलने के लिए उसे हड़बड़ी में तैयार होना पड़ा था।

4

"**एक** तो विदा किया गया," तरफदार बोले, "अब दूसरे का इन्तजार करना है। अगर वह समय का पक्का हो तो दो-तीन मिनटों में ही उसे आ जाना चाहिए।"

दो मिनट भी इन्तजार नहीं करना पड़ा। नयन को वापस भेजने के साथ ही नौकर को मुख्य दरवाजे तक जाना पड़ा। काले सूटवाले एक व्यक्ति को साथ लेकर वह वापस आया। तरफदार खड़े होकर बोले, "गुड मॉर्निंग, फोन पर आपका नाम ठीक से समझ नहीं पाया था। अगर आप...."

"तिवारी", सोफे पर बैठकर वे सज्जन बोले, "देवकीनन्दन तिवारी। टी.एच. सिंडीकेट का नाम सुना है?"

तरफदार और जटायु दोनों को खामोश देखकर फेलूदा को ही मुँह खोलना पड़ा था।

"शायद आप लोगों का इम्पोर्ट-एक्सपोर्ट का व्यापार है। पोलक स्ट्रीट में आप लोगों का ऑफिस है।"

"यस सर!"

वह सज्जन फेलूदा को सन्देह-भरी नजरों से देख रहे थे, इसे समझकर तरफदार ने हम लोगों से उनका परिचय करवा दिया।

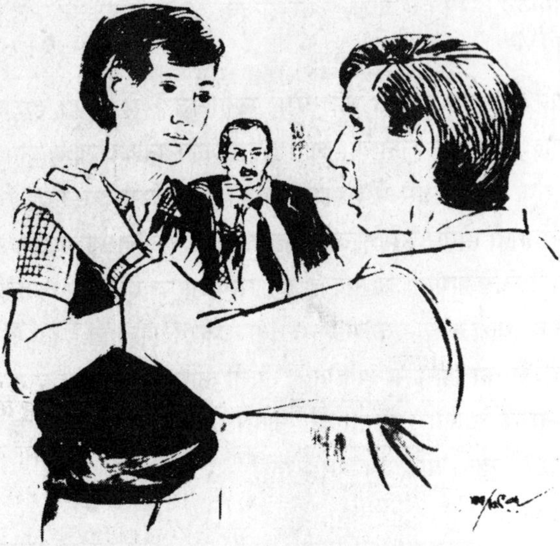

"ये तीनों मेरे खास मित्र हैं। उम्मीद करता हूँ, इनके सामने बात करने में आपको कोई असुविधा नहीं होगी।"

"नहीं, नहीं। लेकिन बात यानी मुझे केवल एक सवाल पूछना है। अगर आप उस लड़के को एक बार हमारे सामने बुलाएँ तो मैं उससे केवल एक ही सवाल पूछँगा। सही जवाब मिलने पर मेरा बड़ा उपकार होगा और मेरी समस्या दूर हो जाएगी। मेरा काम भी हो जाएगा।"

नयन को फिर बुलाना पड़ा। तरफदार नयन की पीठ पर अपना हाथ रखकर बोले—"ये तुमसे एक सवाल पूछना चाहते हैं। देखो जवाब दे पाते हो या नहीं।" फिर तिवारी की ओर देखकर बोले, "आपका सवाल अंकों में है न? दूसरे किसी सवाल का जवाब वह नहीं दे पाएगा।"

"आई नो, आई नो। सब कुछ जानकर ही यहाँ आया हूँ।"

उसके बाद—लालमोहन बाबू की भाषा में—वे नयन को तीक्ष्ण

दृष्टि से निबद्ध करते हुए बोले, "मेरे सन्दूक का कॉम्बिनेशन क्या है, बता सकते हो?"

नयन को उस व्यक्ति की तरफ सूनी नजरों से देखते हुए देखकर फेलूदा बोले, "सुनो ज्योतिष्क, शायद तुम कॉम्बिनेशन शब्द का मतलब नहीं समझ पा रहे हो जिसे मैं समझा देता हूँ। ऐसा भी सन्दूक होता है जिसमें ताला-चाबी नहीं होती, उसके बदले ढक्कन के एक तरफ एक गोल पत्ती लगी होती है जिसे घुमाया जा सकता है। इस पत्ती पर एक तीर बना होता है। गोल पत्ती के चारों तरफ एक से शून्य तक नम्बर लिखे होते हैं। कॉम्बिनेशन सन्दूक खोलने का खास नम्बर होता है। पत्ती को घुमा-घुमाकर एक के बाद एक उस नम्बर के बगल में तीर को लाकर आखिरी नम्बर तक पहुँचते हैं। सन्दूक खट से खुल जाता है। समझ गए?"

"समझ गया हूँ।"

तभी जटायु ने तिवारी से बड़ा मौजूँ सवाल पूछ लिया।

"अपने सन्दूक का कॉम्बिनेशन आप खुद ही नहीं जानते हैं।"

"तेईस सालों तक याद रखा था।" गरदन हिलाकर तिवारी बोले, "रट जाना स्वभाविक था। कितने हजार बार सन्दूक खोला है इसकी कोई गिनती नहीं है। लेकिन पचास साल की उम्र पार करते-करते याददाश्त कमजोर होने लगी है। आज चार दिनों से नम्बर याद ही नहीं आ रहा है, एक डायरी में लिख रखा था, बहुत पुरानी डायरी थी। वह भी न जाने कहाँ गुम हो गई है। मैं परेशान हो गया था, आखिर इस लड़के के बारे में सुनकर मैंने तरफदार से मिलने का वक्त ले लिया।

जटायु ने फिर पूछा, "आपने क्या कभी किसी को यह नम्बर नहीं बताया था?" फिर उन्होंने फेलूदा की तरफ नजर घुमाकर देखा तो वे मुस्करा रहे थे। मैं समझ गया था वे जटायु की तारीफ कर रहे हैं।

तिवारी बोले, "मुझे याद आ रहा है कि मैंने अपने पार्टनर को यह

नम्बर बताया था—लेकिन बहुत दिनों पहले—और अब वह इससे इनकार कर रहा है। हो सकता है यह मेरी गलतफहमी हो। कॉम्बिनेशन तो और लोगों को बतानेवाली चीज नहीं है। इसके अलावा यह सन्दूक मेरा व्यक्तिगत है। मेरे जो रुपये बैंक में नहीं रखे हैं वे सारे इसी सन्दूक में हैं, लेकिन..."

तिवारी की नजर सोफे के पास खड़े नयन पर पड़ी। नयन तुरन्त बोला, "सिक्स-फोर-थ्री-एट-नाइन-सिक्स-वन।"

"राइट! राइट! राइट!" तिवारी एकदम उछल पड़े थे और झट जेब से एक नोट बुक निकालकर उसमें डॉटपेन से वह नम्बर नोट कर लिया था।

"आपके सन्दूक में कितने रुपये हैं क्या आप जानते हैं?" तरफदार ने पूछा।

"एक्जैक्ट अमाउंट नहीं जानता लेकिन जहाँ तक मेरा अनुमान है चार लाख तो होंगे ही।" तिवारी बोले।

"हाँ, कौतूहल तो है।"

तिवारी ने होठों में मुस्कराहट और आँखों में जिज्ञासु नजर लेकर नयन की ओर देखा।

"उसमें रुपये-पैसे कुछ नहीं हैं।", नयन बोला।

"व्हाट?"

तिवारी सोफे से लगभग तीन इंच उछल पड़े। उसके बाद अपने को सँभालकर चेहरे पर खीज जताते हुए बोले, "मैं समझ गया कि इस बच्चे की बातों पर पूरी तरह भरोसा नहीं किया जा सकता, खैर कॉम्बिनेशन में कोई गलती नहीं है। उसे जानकर सचमुच मेरा बड़ा उपकार हुआ है।"

तिवारी ने खड़े होकर जेब से गुलाबी कागज में पैक की हुई लम्बी-सी कोई चीज निकाली और नयन को देते हुए बोले, "दिस इस फॉर यू माई बॉय।"

तिवारी को दरवाजे तक छोड़कर तरफदार के लौट आने के बाद

फेलूदा ने नयन से कहा, "खोलकर देखो, उसमें क्या है?"

नयन ने पैकेट खोलकर देखा तो उसमें बच्चों की कलाई घड़ी थी।

जटायु बोले, "वाह इसे पहन लो नयन भाई, पहन लो।" नयन घड़ी पहनकर अपने कमरे में चला गया।

"सन्दूक खोलने के बाद तिवारी की साँस रुक जाएगी।" फेलूदा बोले।

"सन्दूक में अगर सचमुच कुछ न मिला तो अपने पार्टनर पर ही शक करेगा।" जटायु बोले।

फेलूदा ने मानो यह बात अपने दिमाग से निकाल दी और दूसरे प्रसंग पर चले गए। तरफदार की तरफ देखकर उन्होंने कहा, "तुम लोग दक्षिण भारत में शो करने जा रहे हो, किससे जाओगे? रेलगाड़ी से या फिर हवाई जहाज से?"

"रेलगाड़ी से ही जाएँगे। साथ में इतना सामान है। रेल से ही जाना पड़ेगा।"

"नयन की सुरक्षा के बारे में कुछ सोचा है?"

"ट्रेन में तो मैं साथ ही रहूँगा, वहाँ कोई खतरा तो नजर नहीं आता। वहाँ पहुँचने के बाद मेरे अतिरिक्त एक और व्यक्ति हैं जो हर वक्त उसका ध्यान रखेंगे। वे हैं मेरे मैनेजर शंकर।"

यह बातचीत शायद और कुछ समय जारी रहती लेकिन तभी नौकर पैंट-कोट-टाई पहने एक व्यक्ति को साथ लेकर अन्दर आया। समझ गया, ये ही तीसरे व्यक्ति थे।

"गुड़ मॉर्निंग! आई मेड एन एपॉइंटमेंट विद...।"

'मी,' तरफदार बोले, "माई नेम इज तरफदार।"

"ओ आई सी, माई नेम इज़ हजसन, हेनरी हजसन।"

"प्लीज सिट डाउन!"

तरफदार भी खड़े हो गए थे। अब दोनों बैठ गए। हजसन का रंग

देखकर उन्हें अँग्रेज कहना मुश्किल था, फिर भी अंग्रेजी के सिवा उनका काम नहीं चलता था।

"ये लोग कौन हैं, जान सकता हूँ?" हमारी तरफ बारी-बारी से देखकर हजसन बोले।

"मेरे बहुत नजदीकी व्यक्ति हैं, इनके सामने आप खुलकर बातें कर सकते हैं।"

"हम्म!"

वे सज्जन तीखे मिजाज के थे, यह बात उनकी स्थायी रूप से सिकुड़ी हुई भौंहों से समझ में आ रही थी।

"मेरे परिचित एक बंगाली सज्जन ने पिछले रविवार आपका शो देखा था। उसने मुझे एक लड़के की आश्चर्यजनक क्षमता के बारे में बताया था। हालाँकि मैंने उसकी बातों पर यकीन नहीं किया था। मैं भगवान को नहीं मानता, इसीलिए अलौकिक क्षमता पर भी मैं यकीन नहीं करता। इफ यू ब्रिंग दैट बॉय हियर—तो मैं उससे कुछ बात करना चाहता हूँ।"

तरफदार ने न चाहते हुए भी नौकर को बुलाया, "नारायण, एक बार और खोका बाबू को यहाँ ले आओ।"

नयन एक मिनट में हाजिर हो गया।

"सो दिस इज द बॉय?"

हजसन कुछ देर नयन की तरफ देखकर बोले, "हमारे यहाँ घुड़दौड़ होती है, क्या तुम जानते हो?"

तरफदार ने बांग्ला में नयन को बताया।

"जानता हूँ।" स्पष्ट स्वर में नयन बोला।

"पिछले शनिवार को घुड़दौड़ थी," हजसन बोले, "तीन नम्बर दौड़ में किस नम्बर का घोड़ा जीता था, क्या तुम बता सकते हो?"

नयन के लिए यह भी बांग्ला में अनुवाद करके बताया गया।

"फाइव!" नयन ने तुरन्त बता दिया।

उसने एक जवाब में ही बाजी मार ली। सोफे से उठकर जेब में हाथ डालकर 'वेरी स्ट्रेंज, वेरी स्ट्रेंज' कहते हुए हजसन चहलकदमी करने लगे। फिर अचानक रुककर सीधे तरफदार की तरफ देखकर बोले, "ऑल आई वॉण्ट इज दिस, मैं हफ्ते में एक बार यहाँ आकर इससे जान लूँगा कि अगले शनिवार किस नम्बर का घोड़ा जीतेगा। सीधी बात है घुड़दौड़ मेरा नशा है। मैं इसमें काफी रुपये बर्बाद कर चुका हूँ लेकिन मेरा नशा नहीं उतरा है। अब अगर हारूँगा तो मुझे जेल जाना पड़ेगा। इसीलिए अब जानकारी हासिल करके ही दाँव लगाना चाहता हूँ। यह लड़का मेरी सहायता कर सकता है।"

"हाउ कैन यू बी सो श्योर?" तरफदार ने बड़े ठंडे स्वर में पूछा।

"ही मस्ट, ही मस्ट, ही मस्ट।' बाएँ हाथ की हथेली पर दाईं हथेली से तीन घूँसे मारते हुए हजसन साहब बोले।

"नो, ही मस्ट नॉट," दृढ़ स्वर में तरफदार ने कहा, "इस बालक की क्षमता का उपयोग किसी गलत उद्देश्य के लिए नहीं किया जा सकता।"

यह सुनकर हजसन के चेहरे पर बेचारगी छा गई। वे हाथ जोड़कर कातर स्वर में बोले, कम-से-कम अगले रेस के विनर का नम्बर तो बताने दीजिए, प्लीज!"

"नो हेल्प फॉर गैम्बलर्स!" कमाल की शुद्ध अंग्रेजी में बार-बार सिर हिलाकर जटायु बोले।

हजसन सोफे से उठकर खड़े हो गए। उनके चेहरे का रंग राख में बदल गया था।

"तुम लोगों की तरह जिद्दी और मूर्ख व्यक्ति मैंने अपने जिन्दगी में नहीं देखा, डैम इट!"

इतना कहकर हजसन तेज कदमों से तुरन्त मुख्य दरवाजे से बाहर चले गए।

"बदतमीज आदमी! हॉरिबल मैन!" नाक सिकोड़कर दबे स्वर में जटायु बोले।

तरफदार ने नयन को अन्दर भेज दिया।

"विचित्र सब एपॉइंटमेंट।" फेलूदा बोले, "हजसन निश्चित ही केवल जुआरी नहीं, बल्कि नशेड़ी भी हैं। मैं उनके पास ही बैठा था। इसलिए सहज ही गन्ध को महसूस कर रहा था। उनकी माली हालत भी खस्ता है यह उनके कोट की आस्तीन की कुहनी देखकर साफ समझ में आ रहा था। घिस-घिसकर कोट का वही हिस्सा सबसे पहले फटता है। उन्हें पैबन्द लगाना पड़ा था, लेकिन पुराने कपड़े के साथ नए कपड़े का रंग और क्वालिटी मेल नहीं खा रही थी। फिर ये सज्जन ट्राम और बस से सफर करते हैं, उनके दाहिने पैर के काले जूते पर दूसरों के जूतों के निशान देखने से ही पता चल रहा था। मेट्रो या टैक्सी में ऐसा नहीं हो सकता।"

इन सब चीजों पर अकेले फेलूदा की ही नजर पड़ी थी।

बाहर किसी गाड़ी के आकर रुकने की आहट पाकर हम लोग दोबारा तैयार होकर बैठ गए थे।

"नम्बर फोर!" फेलूदा बोले।

5

एक मिनट में ही नारायण एक विचित्र जीव को लेकर हाजिर हो गया। जूते पॉलिश करनेवाले पुराने ब्रश की तरह दाढ़ी, कैटरपिलर की तरह मूँछें, जाले झाड़नेवाले झाड़ू की तरह बाल, ढीला-ढाला जोगिया सूट और बुरी तरह बाँधी हुई हरे रंग की टाई। छोटे कद-काठी के व्यक्ति। उम्र करीब साठ-पैंसठ। इन सब के मुकाबले उनकी आँखें ज्यादा चमकदार थीं।

कमरे में आते ही धीमे लेकिन रूखे स्वर में बोले, "तरफदार, तरफदार—विच वन इज़ तरफदार।"

तरफदार खड़े होकर नमस्कार करके बोले, "मैं ही सुनील तरफदार हूँ।"

"एण्ड दीज़ थ्री?" हमारी तरफ झाड़ू-दृष्टि से देखते हुए वे सज्जन बोले।

"मेरे तीन घनिष्ठ मित्र हैं।" तरफदार बोले।

"नेम्स? नेम्स?"

"आप प्रदोष मित्र हैं, आप लालमोहन गांगुली, और आप तपेश मित्र हैं।"

"ऑल राइट। अब काम की बातें की जाएँ।"

"कहिए।"

"मेरा नाम जानते हैं?"

"आपने तो टेलीफोन पर केवल अपनी पदवी ही बताई थी—ठाकुर। इतना ही जानता हूँ।"

"तारकनाथ, तारकनाथ ठाकुर। टी.एन.टी.—ट्राईनाइट्रोटोलूईन—हा: हा:-हा:-हा:।"

उन सज्जन की हँसी के झटकों से मैं चौंक उठा। ट्राईनाइट्रोटोलूईन या टी.एन.टी. तो एक खतरनाक विस्फोटक वस्तु होती है, इसका मुझे पता था।

"आपके घर में क्या एक अत्यन्त नाटा बौना रहता है?" फेलूदा ने पूछा।

"किचोमो। कोरियन," तारकनाथ बोले, "एट्टी टू सेंटीमीटर्स। दुनिया का सबसे बौना वयस्क व्यक्ति।"

"यह खबर कुछ महीनों पहले ही अखबार में छपी थी।"

"अब गिनीज़ बुक ऑफ वर्ल्ड रेकाड्र्स में दर्ज हो जाएगी।"

"उसे आपने कहाँ से हासिल किया?" जटायु बोले।

"मैं पूरी दुनिया में घूमता रहता हूँ। मेरे पास बहुत पैसे हैं। मैंने एक पैसा भी खुद नहीं कमाया है। सब मेरे बाप का पैसा है। उन्होंने कोई वसीयत नहीं बनाई थी लेकिन एकमात्र सन्तान होने के कारण सारा पैसा मुझे ही मिला है। किस व्यापार के पैसे हैं, जानते हैं—गन्धद्रव्य, परफ्यूम से। कुन्तलायन का नाम सुना है?"

"वह तो अभी भी मिलता है।" जटायु बोले।

"हाँ, वह मेरे पिता जी की खोज है, कारोबार भी उन्हीं का है। अभी उनका एक भतीजा सँभालता है। उसमें मेरी कोई रुचि नहीं है। मैं संग्राहक हूँ।"

"क्या संग्रह करते हैं?"

“विभिन्न महादेशों की ऐसी चीजें जिसका कोई जोड़ नहीं है—एकमेवाद्वितीयम्। किचोमो के बारे में अभी बताया। इसके अलावा दोनों हाथों से लिख सकनेवाला एक सेक्रेटरी है, माउरी जाति का है। नाम टोकोबाहानी। और भी हैं, एक ब्लैक पैरट है जो तीन भाषाओं मे बोल सकता है, दो सिरों वाला एक खास पमेरियन कुत्ता है, लक्ष्मण झूला के एक संन्यासी उड्डीनानन्द जमीन से दो हाथ ऊपर आसन लगाकर ध्यान करते हैं, उनके अतिरिक्त...”

“वन मिनट सर!” कहकर लालमोहन बाबू ने उन्हें बीच में ही रोक दिया। इसके साथ ही साथ प्रतिक्रिया हुई। हाथ की लाठी तानकर आँखें लाल-लाल करके तारकनाथ चीखते हुए बोले, “यू डेयर इंटरप्ट मी!”

“सॉरी, सॉरी, सॉरी सर!” जटायु सकपका गए। किसी तरह बोले, “मैं जानना चाहता था आपके संग्रह में जो इनसान हैं, क्या वे स्वेच्छा से आपके पास रह रहे हैं?”

“उन्हें बढ़िया-बढ़िया खाना खिलाता हूँ, अच्छा पहनते हैं, अच्छा वेतन देता हूँ, आदर-सम्मान मिलता है—क्यों नहीं रहें? मेरे और मेरे संग्रह के बारे में दुनिया-भर के लोग जानते हैं, भले ही तुम लोग अनजान हो। अमेरिका से एक पत्रकार ने आकर मेरा इंटरव्यू लेकर वापस लौटकर न्यूयॉर्क टाइम्स में ‘द हाउस ऑफ टैरक’ नाम से एक लेख लिखा था।”

अब तरफदार ने अपनी जबान खोली।

“हम लोगों ने तो बहुत कुछ जान लिया है, केवल आपके यहाँ आने का प्रयोजन छोड़कर।”

“यह भी मुझे कहना पड़ेगा? मैं इस बच्चे को अपने संग्रह में शामिल करना चाहता हूँ। क्या नाम हैं उसका? यस—ज्योतिष्क। आई वॉण्ट ज्योतिष्क।”

"क्यों, यहाँ तो वह मजे में है," तरफदार बोले, "खाने-पीने की कोई कमी नहीं है। देख-भाल भी अच्छी हो रही है। वह मेरा घर छोड़कर आपके उस अजायबखाने की भीड़ में क्यों जाएगा?"

तारकनाथ, तरफदार की तरफ आधा मिनट देखकर बोले, "गोवांगी को अगर एक बार देखा होता तो तुम इस तरह से बेपरवाह बातें नहीं कर सकते थे।"

"व्हाट इज गोवांगी?" जटायु ने पूछा।

"नॉट व्हॉट, बट हू?" तारकनाथ गम्भीर स्वर में बोले, "वह युगांडा का रहने वाला है। पौने आठ फुट लम्बा है, चौवन इंच छाती है, साढ़े तीन सौ किलो वजन। ओलम्पिक का कोई वेटलिफ्टर भी उसके सामने नहीं टिकेगा। उसने तराई के जंगल में एक बार अकेले ही एक शेर को सुलाने के लिए नींद की गोली मारी थी क्योंकि शेर के बदन पर धारी और धब्बे दोनों थे। एकमेवाद्वितीयम उस शेर को गोवांगी अकेले कन्धे पर उठाकर साढ़े तीन मील ले आया था। अब वह मेरा अनुगत सेवक है।"

"आपने क्या फिर से दास-प्रथा चालू कर दी है?" जटायु ने काफी साहस करके यह सवाल पूछा था।

"नो सर!" गरज उठे थे टी.एन.टी। "गोवांगी को जब देखा था तब उसका भविष्य अन्धकारमय था। वह युगांडा की राजधानी काम्पाला शहर के एक शिक्षित परिवार का लड़का है। उसके पिता चिकित्सक हैं। उन्होंने ही बताया था कि मात्र चौदह वर्ष की उम्र में ही गोवांगी सात फुट लम्बा हो गया था। वह घर से नहीं निकलता था क्योंकि सड़क पर लोग उसे पत्थर मारते थे। स्कूल में दाखिला लिया था लेकिन लोगों के उपहास के कारण मजबूरन नाम कटवाना पड़ा था। मैंने जब उसे देखा था तब उसकी उम्र इक्कीस वर्ष थी। उसका भविष्य अन्धकारमय था। सारा दिन घर में अकेले-अकेले चुपचाप बैठा रहता था। देखकर लगता था ज्यादा दिन नहीं जीएगा। उस स्थिति से मैंने ही उसे निकाला था। मेरे पास आकर उसे नई जिन्दगी मिली है। मेरा गुलाम क्यों होगा, उससे तो मैं अपनी सन्तान की तरह स्नेह करता हूँ। हम दोनों में पिता-पुत्र का रिश्ता है।"

"चाहे कुछ भी हो तारक बाबू!" तरफदार बोले, "मैं आपका अनुरोध

नहीं रख सकता। मैं ज्योतिष्क को चिड़ियाघर के जीव के रूप में नहीं सोच सकता, सोचना भी नहीं चाहता हूँ।"

"गोवांगी का विवरण सुनने के बाद भी आप ऐसा कह रहे हैं?"

"हाँ कह रहा हूँ।"

वे सज्जन कुछ हताश होकर गहरी साँस लेकर बोले, "आपका यही इरादा है तो क्या लड़के को एक बार मैं देख सकता हूँ?"

"आप इतनी दूर उत्तर कलकत्ता से आए हैं तो आपके लिए इतना भी नहीं करूँगा?"

नयन सामने आकर खड़ा हो गया। तारक बाबू भौंहे सिकोड़कर उसकी तरफ देखकर बोले, "मेरे घर में कितने कमरे हैं बता सकते हो?"

"चौंसठ।"

"हूँ..."

अब तारकनाथ उठकर खड़े हो गए और छड़ी के चाँदी से मढ़े हुए हिस्से को दाहिने हाथ की मुट्ठी में मजबूती से पकड़कर बोले, "रिमेम्बर मिस्टर तरफदार, टी.एन.टी. इतनी आसानी से हार मानने वालों में से नहीं है।"

उनके चले जाने के बाद कुछ देर तक हम सब खामोश रहे थे। नयन को तरफदार ने उसके कमरे में भेज दिया था। आखिर लालमोहन बाबू फेलूदा की तरफ देखकर बोले, "चार से तो बहुत कुछ होता है न? चार दिशाएँ, चतुर्मुख, चतुर्भुज, चतुर्वेद—इन चारों को क्या नाम दूँ, यही सोच रहा हूँ।"

"चतुर्लोभी कह सकते हैं।" फेलूदा बोले, "चारों लोभी थे, इसमें तो कोई शक नहीं है। लेकिन लोभी होकर भी उन्हें कोई फायदा नहीं हुआ, इसके लिए सुनील की तारीफ करनी होगी।"

"तारीफ क्यों सर?" तरफदार बोले, "यह तो सीधा हिसाब है। वह लड़का मेरे घर में स्वस्थ वातावरण में बड़ा हो रहा है। वह मुझे देख रहा है, मैं उसे देख रहा हूँ। सिर्फ लेन-देन के लिए इसमें फेरबदल करने की क्या आवश्यकता है?"

हम तीनों उठ पड़े थे।

"तुमसे एक बात कहूँ?" तरफदार के कन्धे पर हाथ रखकर फेलूदा बोले, "और कोई मुलाकाती नहीं?"

"पागल हो गए हैं?" तरफदार बोले, "एक दिन में ही ऐसा अनुभव। इसके बाद फिर मुलाकातें?..."

"लेकिन मैं यह भी आश्वासन देता हूँ कि अगर नयन की सुरक्षा के लिए मेरी जरूरत पड़े तो मैं तैयार हूँ। इस लड़के से मुझे स्नेह हो गया है।"

"थैंक यू सर, थैंक यू! जरूरत होते ही मैं खबर करूँगा।"

6

बृहस्पतिवार की सुबह। कल ही तो पूरा दिन हम लोगों ने चतुर्लोभियों के साथ बिताया था। साफ समझ रहा था कि मामला उत्तेजक होता जा रहा है, तभी तो जटायु अपने निश्चित समय नौ बजे से पहले, साढ़े आठ बजे ही पहुँच गए थे।

सोफे पर उनके बैठते ही फेलूदा बोले, "आज के अखबार में खबर देखी है?"

"किस अखबार में?"

"स्टेट्समैन, टेलीग्राफ, आनन्द बाजार...!"

"अरे साहब एक कश्मीरी शॉलवाले ने आकर आज की सुबह बरबाद कर दी। अखबार-वखबार कुछ नहीं देख पाया हूँ। क्या खबर है, भाई?"

मैंने पहले ही अखबार पढ़ लिया था इसीलिए मैं जानता था, फेलूदा किस खबर का जिक्र कर रहे थे।

"तिवारी ने अपना सन्दूक खोला था, उसमें कानी-कौड़ी भी नहीं मिली।"

"तब तो नयन ने ठीक ही कहा था।" आँखें फाड़कर जटायु बोले, "चोरी कब हुई?"

"दिन के ढाई बजे से साढ़े तीन बजे के बीच। तिवारी का तो यही कहना है। उस समय वह दफ्तर में नहीं था। अपने डेंटिस्ट के पास गया

था। उसकी याददाश्त अब सही काम कर रही है। दो दिन पहले ही उसने सन्दूक खोला था तब सब कुछ ठीक-ठाक था। उसमें कितने रुपये थे। यह भी अब उसे याद आ गया है—पाँच लाख से कुछ ज्यादा। हालाँकि तिवारी को अपने पार्टनर पर ही शक है। उसका कहना है कि उसके एकमात्र पार्टनर को ही कॉम्बिनेशन मालूम था और किसी को उसने कभी कॉम्बिनेशन नहीं बताया था।"

"उसका पार्टनर कौन है?"

"उसका नाम है हिंगोरानी। टी. एच. सिंडिकेट का टी. है तिवारी और एच. है हिंगोरानी।"

"खैर जाने दो। तिवारी हिंगटिंगछट, इन सबसे मेरा कोई मतलब नहीं है। मैं केवल चकित हो रहा हूँ कि इतने छोटे लड़के को ऐसी क्षमता कहाँ से मिली?"

"मैं भी अकसर यही सोचकर चकित होता हूँ। इस क्षमता का पता कैसे चला, यह जानने की तीव्र इच्छा हो रही है। नयन के मुहल्ले का नाम तुझे याद है तोपशे? सड़क का नाम याद है?"

"निकुंजबिहारी लेन, कालीघाट।"

"गुड!"

"एक बार चला जाए क्या? मेरे ड्राइवर को कोलकाता के ऐसे-ऐसे रास्ते मालूम हैं, जिनका नाम तक मैंने नहीं सुना है।"

सचमुच ही हरिपद बाबू निकुंजबिहारी लेन पहचानते थे। वे बोले, "उसी रास्ते पर तो पलटू दत्त का घर था। मैं उन दिनों अजितेश साहा की गाड़ी चलाता था। मैं एक बार उन्हें पलटू दत्त के घर ले गया था। दोनों ही फुटबॉल खिलाड़ी थे। दोनों में काफी मित्रता थी।"

दस मिनट में निकुंजबिहारी लेन पहुँचकर एक पानवाले से पूछने से पता चला असीम सरकार आठ नम्बर मकान में रहते हैं।

आठ नम्बर मकान का दरवाजा खटखटाया तो एक दुबला-पतला, गोरा-चिट्टा आदमी दरवाजा खोलकर हम लोगों के सामने खड़ा हो गया। उसे देखकर समझ गया था कि वह अभी-अभी दाढ़ी बनाकर आ रहा है क्योंकि अभी तक वह अँगौछे से चेहरा पोंछ रहा था।

"आपलोग...?" उसने फेलूदा की तरफ जिज्ञासु नजरों से देखते हुए पूछा।

"आप दफ्तर के लिए निकल रहे हैं?"

"जी नहीं। अभी तो नौ बजे हैं। मैं साढ़े नौ बजे निकलता हूँ।"

फेलदू बोले, "हम लोग पिछले रविवार के दिन तरफदार का जादू देखने गए थे। वहाँ आपके बेटे का—आप ही तो असीम सरकार हैं?"

"जी हाँ।"

"अद्‌भुत चमत्कारिक क्षमता है आपके बेटे में। तरफदार से हम लोगों की काफी घनिष्ठता हो गई है। उन्हीं से हमें आपके घर का पता मिला है—अरे देखिए, हम लोगों ने अभी तक अपना परिचय ही नहीं दिया!—ये रहस्य-रोमांच उपन्यास लेखक जटायु हैं, यह मेरा भाई तपेश है और मैं प्रदोष मित्र हूँ।"

"प्रदोष मित्र?" उन सज्जन की आँखें विस्मय से फटी रह गईं। प्रतिष्ठित जासूस प्रदोष मित्र—जिनका पुकार का नाम फेलू है?"

"जी हाँ!" फेलूदा बड़ी विनम्रता से बोले।

"अन्दर आइए, अन्दर आइए—मुझे तो यकीन ही नहीं हो रहा है।"

हम लोग उनके पीछे-पीछे अन्दर जाकर एक सँकरी जगह की बाईं तरफ के दरवाजे से एक छोटे कमरे में दाखिल हुए। उसे सोने का कमरा और बैठक दोनों कहा जा सकता था। कमरे में दो कुर्सियों और एक तख्त के अतिरिक्त कोई सामान नहीं था। तख्त के एक किनारे दरी में लिपटा हुआ एक तकिया रखा था। उससे पता चल रहा था उस पर कोई सोता है।

फेलूदा और जटायु कुर्सी पर, मैं और असीम बाबू तख्त पर बैठ गए।

फेलूदा बोले, "हम लोग आपका ज्यादा समय नहीं लेंगे। हम लोगों के आने का कारण बता दूँ। उस दिन तरफदार के शो में आपके बेटे की आश्चर्यजनक क्षमता को देखकर हम लोगों की बोलती बन्द हो गई थी। शो के बाद तरफदार से पूछने पर उन्होंने बताया वह उन्हीं के पास रहता है। मैं जानता चाहता हूँ, नयन के वहाँ रहने का प्रस्ताव उनका था या आपका?"

"आप सम्माननीय व्यक्ति हैं, आप से झूठ नहीं कहूँगा, उनके पास रहने का प्रस्ताव तरफदार ने ही किया था, लेकिन उससे पहले मैं ही नयन को उनके पास ले गया था।"

"कब?"

"उसकी इस क्षमता का खुलासा होने के तीन दिनों बाद—दो दिसम्बर के दिन।"

"ऐसा करने की वजह क्या थी?"

"इसकी एक ही वजह है मित्तिर महाशय, मेरी गृहस्थी देखकर आप समझ ही गए हैं, घर में पैसे की तंगी है। मेरे चार बच्चे हैं, सबसे बड़ा बेटा बी.कॉम में पढ़ता है, उसका खर्चा है। उसके बाद दो बेटियाँ हैं, उनके भी स्कूल को खर्चे हैं। नयन को अभी तक स्कूल में दाखिला नहीं दिलाया है, मैं कालीघाट पोस्ट ऑफिस में मामूली नौकरी करता हूँ, जमा-पूँजी कुछ नहीं है। जितना मिलता है उससे खर्चे पूरे नहीं होते। भविष्य के बारे में सोचकर कभी-कभी सिहर उठता हूँ। इसीलिए जब नयन के अन्दर की ऐसी प्रतिभा का पता चला तब मैंने सोचा इसके माध्यम से मैं दो पैसे क्यों न कमा लूँ। यह सुनने में बुरा जरूर लगता है लेकिन मेरी जैसी स्थिति है, उसमें ऐसा सोचना अस्वाभविक नहीं है मित्तिर महाशय।"

"मैं इस बात को समझ सकता हूँ," फेलूदा बोले, "इसके बाद ही आप नयन को तरफदार के पास ले गए थे?"

"जी हाँ। मेरे घर में तो टेलीफोन नहीं है, इसलिए पहले से मुलाकात का समय नहीं ले पाया था, बेटे को साथ लेकर सीधे पहुँच गया था। उन्हें नयन की क्षमता के दो-एक उदाहरण दिखाना चाहता था। मैंने कहा, उससे ऐसा कोई भी सवाल पूछ सकते हैं जिसका जवाब अंकों में होना चाहिए। उन्होंने नयन से अपनी उम्र जाननी चाही—नयन ने फौरन बता दिया—'तैंतीस वर्ष तीन महीने दस दिन।' इसके बाद तरफदार ने कोई सवाल नहीं पूछा। वे मुझसे बोले, 'अगर मैं इसे लेकर मंच पर प्रदर्शन करूँ तो क्या आपको किसी प्रकार का एतराज है? मैं उसके लिए पारिश्रमिक दूँगा।' मैं तैयार हो गया। तरफदार बोले, 'आप कितने की उम्मीद करते हैं?' मैंने हिचकिचाते हुए कहा, 'हजार रुपये महीना।' तरफदार बोले, 'गलत हो गया। नयन बताओ तो मैं कितना देने की सोच रहा हूँ?' नयन बोला, तीन -शून्य-शून्य-शून्य। मित्तिर साहब उसने गलत नहीं कहा था। तरफदार ने भी अपने वादे पूरे किए हैं। मुझे पहले ही तीन हजार रुपये मिल चुके हैं। और जब उन्होंने मुझे जीने का रास्ता दिखा दिया है तो मैं नयन को उनके घर पर रहने से कैसे रोक सकता था।"

"लेकिन क्या नयन अपनी मरजी से गया था?"

"यह भी बड़ी चौंकाने वाली बात है कि वह एकदम से तैयार हो गया था और अब वह मजे में है।"

"मैं एक बात और जानना चाहता हूँ," फेलूदा बोले, "उसके बाद हमारा काम पूरा हो जाएगा।"

"कहिए।"

"उसकी इस क्षमता का पता आपको कैसे चला?"

"एकदम मामूली घटना थी। एक दिन सुबह उठकर नयन ने मुझसे कहा—'बाबा, मेरी आँखों के सामने बहुत सारी चीजें घूम रही हैं। तुम्हें ऐसा कुछ दिखाई नहीं दे रहा है?' मैं बोला, 'नहीं तो, मुझे ऐसा कुछ नहीं

दिखाई दे रहा है, तुम्हारी आँखों के सामने क्या घूम रहा है?' नयन बोला, एक-दो-तीन-चार-पाँच-छह-सात-आठ-नौ-शून्य। सब इधर-उधर भाग रहे हैं उछल-कूद कर रहे हैं, पलटी खा रहे हैं। मुझे महसूस हो रहा है कि अगर मुझसे कोई अंकों का कोई भी सवाल पूछेगा तो यह उछल-कूद शान्त हो जाएगी, मुझे तो यकीन ही नहीं हो रहा था, फिर भी बेटे का दिल रखने के लिए मैंने पूछा, 'मेरे पास एक बहुत पुरानी लाल मोटे जिल्द वाली किताब है, तुम जानते हो?' नयन बोला, 'महाभारत?' मैं बोला, 'कितने पन्ने हैं तुम बता सकते हो?' नयन के चेहरे पर हँसी झलक उठी थी। बोला, 'छटपटाहट कम हो गई है, संख्याएँ एक-के-बाद-एक रुकी हुई हैं।' संख्याएँ क्या हैं, पूछने पर नयन बोला, 'नौ-तीन-चार। मैंने अलमारी से कालीप्रसन्न सिंह का महाभारत निकालकर देखा, उसमें वास्तव में 934 पन्ने थे।"

अब हम लोगों का काम पूरा हो गया था। उन भद्र पुरुष को अनेकश: धन्यवाद देकर हम लोग घर की तरफ चल पड़े।

श्रीनाथ के दरवाजा खोलने के बाद घर में घुसते ही देखा, बैठक में दो सज्जन इन्तजार कर रहे हैं। दोनों में से सुनील तरफदार को मैं पहचानता था। दूसरे व्यक्ति को मैंने पहले कभी नहीं देखा था।

फेलूदा व्यस्त होकर बोले, "सॉरी, आप लोग क्या बहुत देर से इन्तजार कर रहे हैं?"

"पाँच मिनट से," तरफदार बोले, "यह मेरे प्रबन्धक और प्रमुख सहायक शंकर हुबलीकर हैं?"

वे भी तरफदार की उम्र के थे, देखने से काफी चालाक-चतुर लगे। उन्होंने खड़े होकर हम लोगों को नमस्कार किया।

"आप तो मराठीभाषी हैं?" फेलूदा बोले।

"यस सर, लेकिन मेरा जन्म, लिखना-पढ़ना सब कुछ यहीं हुआ है।"

"बैठिए, बैठिए।"

हम सब बैठ गए।

"क्या मामला है, कहिए।" तरफदार की ओर देखते हुए फेलूदा ने पूछा।

"मामला जटिल है।"

"मतलब?"

"कल हमारे घर में दैत्य का आगमन हुआ था।"

मेरा दिल धड़क उठा। कहीं उस गोवांगी की बात तो नहीं कर रहे यह सज्जन?

"थोड़ा विस्तार से बताइए" फेलूदा बोले।

"बता रहा हूँ।" वे बोले, "आज सुबह नींद से उठने के बाद बादशाह को टहलाने जाने वाला था—तब सुबह के साढ़े पाँच बजे थे—दूसरी मंजिल से नीचे, चौंककर रुक गया।"

"क्यों?"

"सोफे के सामने जमीन पर खून फैला हुआ था और उस खून के ऊपर से पैर के निशान मुख्य दरवाजे तक चले गए थे—बाद में उस निशान को नापकर देखा—निशान सोलह इंच लम्बे थे।"

"सो...!" लालमोहन बाबू अपनी बात पूरी नहीं कर पाए थे।

"फिर क्या हुआ?" फेलूदा बोले।

तरफदार ने कहा, "हमारे दरवाजे में कोलैप्सिबल गेट लगा है। रात में पर ताला बन्द रहता है। मैंने देखा कि वह फाटक आधा खुला था और ताला टूटा हुआ था। उस अधखुले गेट के बाहर जमीन पर अचेत पड़ा था हमारा दरबान भगीरथ। भगीरथ के पास से खून से लथपथ पैरों के निशान चारदीवारी की तरफ चले गए थे।

"पानी के छींटें मारकर किसी तरह भगीरथ को मैं होश में ले आया। वह आँखें खोलते ही 'दानव-दानव' करके चीख उठता था और फिर बेहोश

हो जाता था। खैर, उसने जो कुछ बताया उससे पता चला—आधी रात के समय वह दरवाजे के बाहर खड़ा होकर खैनी मसल रहा था। दरवाजे के बाहर एक कम पावर की बत्ती पूरी रात जलती रहती है। उस धुँधली रोशनी में भगीरथ ने देखा, एक विशालकाय जानवर चारदीवारी लाँघकर अन्दर चला आया, इसमें कोई शक नहीं था क्योंकि फाटक पर सशस्त्र प्रहरी था।

"भगीरथ बोला कि वह एक बार चिड़ियाघर गया था, वहाँ उसने गोरिल्ला नाम का एक जानवर देखा था। उसके चेहरे से इसके चेहरे की काफी समानता थी लेकिन इसका शरीर उससे ज्यादा लम्बा-चौड़ा था। भगीरथ इससे ज्यादा कुछ कह नहीं पाया क्योंकि इतना कहकर वह दोबारा बेहोश हो गया था।"

"समझ गया हूँ," फेलूदा बोले, "दानव उस कोलैप्सिबल फाटक को तोड़कर अन्दर पहुँच गया था और उसी समय तुम्हारे विश्वस्त बादशाह ने दानव के पैर में काटकर उसे घायल कर दिया। इसीलिए दानव को अपना काम पूरा करने से पहले ही भागना पड़ा।"

"लेकिन भागने से पहले उसने बदला ले लिया। बादशाह की गरदन मरोड़ी हुई थी। उसका शव मुख्य दरवाजे से तीस हाथ दूर पड़ा था—उसके मुँह के दोनों तरफ उस समय भी खून के निशान थे।"

मैंने मन-ही-मन कहा, 'अगर इस घटना में खुश होने वाली कोई बात रही हो तो वह यही है कि टी.एन.टी. का उद्देश्य पूरा नहीं हुआ था।'

फेलूदा को चिन्तित मुद्रा में खामोश देखकर तरफदार उतावले होकर बोले, "कुछ कहिए मिस्टर मित्तिर।"

"बोलने का समय निकल चुका है सुनील!" फेलूदा गम्भीर स्वर में बोले, "अब करने का समय आ गया है।"

"क्या करने की बात सोच रहे हैं?"

"सोच नहीं रहा हूँ, तय कर चुका हूँ।"

"क्या?"

दक्षिण भारत जाऊँगा, मद्रास से शुरू करूँगा। नयन इज इन ग्रेट डेंजर—नयन बड़े खतरे में है—उसको किसी तरह का नुकसान न पहुँचे, यह देखने की क्षमता तुम लोगों में नहीं है। यहाँ प्रदोष मित्र की जरूरत है।"

तरफदार के चेहरे पर हँसी फूटी पड़ी।

"आपने मुझे कितना निश्चिन्त कर दिया, यह मैं बता नही सकता। लेकिन आप अपने प्रोफेशनल कैपिसिटी में काम करेंगे। आपका पारिश्रमिक और तीनों के आने-जाने और होटल का खर्च मैं दूँगा। मैं मतलब—मेरे प्रायोजक।"

"खर्चे की बात बाद में होगी। तुम लोग तो उन्नीस तारीख को जा रहे हो। लेकिन किस गाड़ी से, मैं नहीं जानता।"

"कोरोमंडल एक्सप्रेस।"

"और होटल?"

"वह भी कोरोमंडल"

"समझ गया। ताज कोरोमंडल। वही न?"

"और हाँ, आप लोग प्रथम श्रेणी ए.सी. से जाएँगे। अभी आप अपना नाम और उम्र एक कागज पर लिख दीजिए। बाकी का काम शंकर कर लेगा।"

फेलूदा ने कहा, "टिकट पाने में कोई परेशानी हो तो मुझे बताना। रेलवे में मेरी बहुत जान-पहचान है।"

7

तरफदार और उनके सचिव पौने दस बजे यहाँ से गए थे! उसके ठीक पाँच मिनट बाद फेलूदा के पास एक फोन आया जो एकदम अप्रत्याशित था। फोन पर बातचीत खत्म करने के बाद सोफे पर बैठकर श्रीनाथ के अभी-अभी लाई चाय की एक चुस्की लेकर फेलूदा बोले, "कल टेलीफोन डायरेक्टरी में देखा था, इस नाम से केवल दो ही फोन हैं।"

"इन छोटी-छोटी बातों को रहस्यमय बना देने वाली आपकी कुशलता मुझे एकदम पसन्द नहीं है," जटायु बोले, "किसका फोन था, जरा कहिएगा।"

"हिंगोरानी का।"

"जिसकी खबर अखबार में छपी थी?"

"यस सर। तिवारी का पार्टनर।"

"इस आदमी को आपसे क्या काम है?"

"यह तो उनके यहाँ जाने के बाद पता चलेगा।" उन्होंने कहा, "कर्नल दलाल से उन्होंने मेरी प्रशंसा सुनी है।"

"ओह, पिछले साल की उस जालियाती का मामला।"

"हाँ।"

"एपॉइंटमेंट हो गया है?"

"वह मेरी बातों से ही आपको समझ लेना चाहिए था, आपने ध्यान नहीं दिया।"

लेकिन मैं समझ गया था कि आज शाम के पाँच बजे उनके साथ फेलूदा के मिलने का समय तय हो चुका है। यह बात लालमोहन बाबू से कहने पर वह भड़क उठे। बोले, "मेरे कान के पास कोई दूसरा टेलीफोन करे तो मैं नैतिकता के कारण उस तरफ ध्यान नहीं देता हूँ। वे सज्जन रहते कहाँ हैं?"

"अलीपुर पार्क रोड पर।"

"अभिजात लोगों का मुहल्ला है। हम लोग भी आपके साथ जा रहे हैं न?"

"आप लोग कब नहीं गए हैं, बता सकते हैं?"

"आप ठीक कह रहे हैं—हाँ, एक बात—'आनी' से पदवी खत्म होनेवाले सिन्धी होते हैं न?"

"बिलकुल। जरा गौर कीजिए न दो आनी, चार आनी, केरानी (क्लर्क) काँपानी (कँपकँपाहट), हाँपानी (हाँफने का रोग), नौकरानी, मेहतरानी..." दोनों हाथ ऊपर उठाकर जटायु बोले, "बाप रे बाप! यह तो आपका सजारू-मजारू मूड है। मैं इससे बहुत अच्छी तरह परिचित हूँ। कुछ पूछते ही व्यंग्य करना, ताने देना। खैर, मैं जो कहना चाहता था—सोच रहा था, आज दोपहर का खाना आप लोगों के साथ ही खा लूँगा। खिचड़ी का प्रोग्राम कैसा रहेगा? आज तो कुछ सरदी भी है।"

"बहुत अच्छा प्रस्ताव है," फेलूदा बोले।

दोपहर के भोजन के बाद फेलूदा ने लगभग दो घंटे तक जटायु को स्क्रैबल का खेल सिखाया। जटायु ने तो पहले कभी क्रॉस-वर्ड भी नहीं खेला था इसीलिए उन्हें सिन्धी नामों को समझने में बेहद परेशान होना पड़ा था। फेलूदा शब्दों के खेल में माहिर हैं, वैसे ही वे पहेली बुझाने के खेल में भी माहिर हैं, जिसके कई उदाहरण मैंने पहले दिए हैं।

सचमुच, हरिपद बाबू अलीपुर पार्क रोड पहचानते थे। पाँच बजने में पाँच मिनट बाकी थे तभी हम लोगों की गाड़ी सैंतीस नम्बर फाटक के भीतर पोर्टिको के नीचे पहुँच गई। सामने दाहिनी तरफ गैराज था, उसके बाहर एक लम्बी सफेद गाड़ी खड़ी थी। लालमोहन बाबू बोले, "गाड़ी विदेशी लग रही है।"

फेलूदा दरवाजे की तरफ जाते-जाते बोले, "नहीं, वह कंटेसा है। अपने देश में ही बनती है।"

दरवाजे पर चौकीदार खड़ा था, फेलूदा उससे बोले, "हमें मिलने का समय दिया गया है।"

इसी बीच शायद गाड़ी की आवाज सुनकर एक बेयरा वहाँ आ गया था। वह लालमोहन बाबू की तरफ देखकर बोला, "मित्तर साहब?"

"हम नहीं, ये", फेलूदा की तरफ इशारा करके जटायु बोले।

"आइए आप लोग।"

बेयरा के पीछे-पीछे हम लोग ड्राईंगरूम में पहुँचे।

"बैठिए।"

मैं और जटायु एक सोफे पर बैठ गए। फेलूदा तुरन्त नहीं बैठे, वे इधर-उधर नजरें घुमाकर एक बुकसेल्फ के सामने जाकर खड़े हो गए। दीवार और मेज पर तरह-तरह की सजावटी चीजें सुशोभित थीं, उनमें नेपाली सामान भी थे। लालमोहन बाबू भी देख रहे थे, बुदबुदाते हुए उन्होंने कहा, "द्रार्जिलिंग।"

"क्यों, दार्जिलिंग क्यों?" फेलूदा एक सोफे पर बैठते हुए बोले, "नेपाली सामान क्या नेपाल में नहीं मिलता?"

"अरे मिलने को तो न्यू मार्केट में भी मिल जाता है।"

बाहर लैंडिंग में रखी ग्रैंडफादर घड़ी दिख रही थी, अब वह गम्भीर लेकिन मधुर स्वर में ढंग-ढंग करके पाँच बजा रही थी। लगभग उसी समय

कत्थई रंग का सूट पहने एक दुबले-पतले, गौरवर्ण के प्रौढ़ व्यक्ति कमरे में आए। न जाने क्यों शायद आँखों के नीचे कालिमा पड़ जाने के कारण मुझे लगा कि इस समय उनका स्वास्थ्य ठीक नहीं चल रहा था। हम तीनों ही उन्हें नमस्ते करने के लिए उठकर खड़े हो गए। वे बोले, "बैठिए-बैठिए, प्लीज सिट डाउन!"

शायद उन सज्जन की घड़ी का पट्टा ढीला हो गया था क्योंकि नमस्कार करके हाथ नीचे लाते समय घड़ी नीचे सरक गई। दाहिने हाथ से उसे ढकेलकर ठीक जगह ले जाकर वे फेलूदा के सामनेवाले सोफे पर बैठ गए। हिंगोरानी बांग्ला, अंग्रेजी, हिन्दी, तीनों भाषाएँ मिलाकर बात कर रहे थे।

फेलूदा ने अपना और हम दोनों का उनसे परिचय करवा दिया। उसके बाद वे सज्जन बोले, "मेरे दफ्तर के बारे में अखबार में जो खबर छपी है, क्या आप लोगों ने पढ़ी है?"

"हाँ, पढ़ी है," फेलूदा बोले।

"मैं ग्रह-नक्षत्रों के प्रभाव को मानता हूँ। मुझे जिस तरह से परेशान किया जा रहा है, उसे ग्रहों के प्रभाव के अतिरिक्त कुछ नहीं कहा जा सकता। मेरे पार्टनर की मति मारी गई है। कोई स्वस्थ दिमाग का आदमी कभी ऐसा कर सकता है?"

"लेकिन हम लोग तो आपके पार्टनर को पहचानते हैं।"

"हाऊ?" हिंगोरानी ने चकित होकर पूछा।

फेलूदा ने संक्षेप में उन्हें तरफदार और ज्योतिष्क के बारे में बताया, फिर बोले, "इसी लड़के से मिलने के लिए मिस्टर तिवारी फोन से समय लेकर तरफदार के घर उससे मिलने आए थे। हम लोग भी तब वहीं थे। महोदय ने बताया था कि वे अपनी सन्दूक का कॉम्बिनेशन भूल गए हैं। उस बच्चे से पूछने पर उसने नम्बर बता दिया था। साथ ही उसने यह भी बता दिया था कि सन्दूक में एक भी पैसा नहीं है।"

"आई सी..."

"आपने फोन पर बताया था कि आपको तरह-तरह की परेशानियों का सामना करना पड़ रहा है।"

"हाँ, वह तो है ही, एक तो पिछले एक साल से हम लोगों की आपस में बन नहीं रही है, हालाँकि हम दोनों कभी बहुत अच्छे मित्र थे। हम लोग एक साथ एक ही कक्षा में सेंट जेवियर्स कॉलेज में पढ़ते थे। कॉलेज से निकलने के एक साल के भीतर ही हम दोनों ने अपना अलग-अलग व्यवसाय शुरू कर दिया था। उसके बाद 1973 में हम दोनों ने मिलकर टी.एच. सिंडिकेट की नींव रखी थी। काम काफी अच्छा चल रहा था लेकिन मैंने कहा न, पिछले कुछ दिनों से हमारे रिश्तों में दरार पड़ने लगी थी।"

"उसकी वजह क्या है?"

"उसकी मूल वजह है, तिवारी की याददाश्त लगभग खत्म हो रही थी। छोटी-छोटी मामूली बातें भी उसे याद नहीं रहती थीं। उसके साथ विचार-विमर्श करना मुश्किल हो रहा था। पिछले साल मैंने तिवारी से कहा था, डॉ० शर्मा नाम के एक अनुभवी मनोचिकित्सक हैं, मैं उन्हें बहुत अच्छी तरह जानता हूँ। मेरी इच्छा है कि तुम एक बार उनके पास जाओ। मगर तिवारी खफा हो गया। तभी से हमारे रिश्तों में दरार पड़ने लगी थी। लेकिन यही सोचकर मैं उसके साथ टिका रहा कि मेरे न रहने से सिंडिकेट बरबाद हो जाएगा, वरना मैं कानूनी तरीके से अलग हो जाता। लेकिन हमें सबसे बड़ा झटका तब लगा जब तिवारी सन्दूक खाली देखकर सीधा मेरे पास आकर बोला, "गिव मी बैक माई मनी दिस मिनट—मेरा पैसा वापस करो—इसी पल।"

"वह तो कह रहे थे। सन्दूक का कॉम्बिनेशन उन्होंने आपको बताया था। क्या यह सच है?"

"एकदम बकवास है। वह उनका व्यक्तिगत सन्दूक था। उसका कॉम्बिनेशन वह हमें क्यों बताएँगे? नॉनसेंस। ऊपर से उनकी यही धारणा है

कि वे जब दन्तचिकित्सक के पास गए थे तभी मैंने उनका सन्दूक खोलकर रुपये चुरा लिए। लेकिन मैं इसका पक्का सबूत दे सकता हूँ कि उस समय मैं दफ्तर से कम-से-कम चार मील दूर था। मैं एक चचेरे भाई के हार्टअटैक की खबर पाकर मैं ग्यारह बजे वेलव्यू क्लिनिक चला गया था और वहाँ से साढ़े तीन बजे लौटा था।"

"फिर भी मिस्टर तिवारी आपके पीछे पड़े हुए हैं?"

"केवल पीछे ही नहीं पड़े हैं मिस्टर मित्तिर, उन्होंने मुझे धमकाया भी है कि अगर मैंने उन्हें तुरन्त पैसे नहीं लौटाये तो मेरा सर्वनाश कर देंगे। तिवारी स्वार्थ के लिए कितना नीचे उतर सकता है, पिछले सत्रह सालों में मैंने बहुत बार देखा है।"

"तो आप यही कहना चाहते हैं कि तिवारी इस कदर प्रतिहिंसा पर उतारू है कि वह गुंडों से आपका कत्ल भी करवा सकता है।"

"सन्दूक खाली देखने के बाद से वह मेरे घर आकर जिस तरह से मुझ पर आरोप लगा रहा है, उससे मुझे पूरा यकीन हो गया है, उसकी बुद्धि पूरी तरह लुप्त हो गई है। ऐसी स्थिति में रुपये वापस न मिलने पर अगर वह मेरा कत्ल कर दे तो कोई आश्चर्य की बात नहीं होगी।"

"इस चोरी के बारे आपकी अपनी कोई सोच है?"

"पहले तो मैं यही मानने को तैयार नहीं हूँ कि रुपये चोरी हुए हैं। तिवारी ये रुपये कहीं दूसरी जगह रखकर भूल गया है या कहीं खर्च कर दिया है या किसी को दे दिया है। तुम्हारी बांग्ला में एक कहावत है न—बम भोलानाथ। तिवारी वैसा ही भोलानाथ है। नहीं तो बाईस साल पुराने सन्दूक का कॉम्बिनेशन कोई भूल सकता है?"

"समझ गया," फेलूदा बोले, "तो फिर अब मूल विषय पर बात करते हैं।"

"मैंने आपको क्यों बुलाया है, आप यही जानना चाहते हैं न?"

"जी हाँ।"

"देखिए मिस्टर मित्तिर—मैं आपसे प्रोटेक्शन चाहता हूँ। तिवारी खुद भोलानाथ हो सकता है, लेकिन किराये के गुंडों में कोई भोलानाथ नहीं हो सकता। वे सभी अत्यन्त चतुर, शातिर और बेपरवाह होते हैं। इन लोगों से प्रोटेक्शन देना तो आप जैसे प्राइवेट जासूसों का काम है।"

"हाँ, वह तो है ही। लेकिन मुश्किल यह है कि मैं अगले पाँच हफ्तों तक यहाँ नहीं रहूँगा। इसलिए मेरे काम शुरू करने में तो बहुत देर हो जाएगी। ऐसे में आपका काम कैसे चलेगा?"

"आप कहाँ जा रहे हैं?"

"दक्षिण भारत। पहले मद्रास, वहाँ दस दिन रुकूँगा, फिर कहीं और जाना है।"

हिंगोरानी की आँखें चमक उठीं।

"एक्सिलेंट; मैं पिछले दो दिनों से दफ्तर नहीं जा रहा हूँ। इस घटना के बाद तो किसी भी हालत में उसके साथ रहना सम्भव नहीं है। मैं कानूनी कार्रवाई बाद में करूँगा—जब मेरा दिमाग थोड़ा ठंडा हो जाएगा। लेकिन गुजारा तो करना ही है। मद्रास में एक काम की उम्मीद है। मैं वैसे भी जाने वाला था, आप लोग जब जा रहे हैं तो आप लोगों के साथ ही निकल पड़ता हूँ। आप प्लेन से जा रहे हैं?"

"नहीं रेल से। वहाँ भी किसी की प्रोटेक्शन का मामला है। तरफदार के जादू के खेल का वह लड़का। उसकी जिन्दगी भी खतरे में है। कम-से-कम तीन व्यक्तियों की लोलुप दृष्टि है उस पर। समझ ही सकते हैं इस असामान्य प्रतिभा का गलत इस्तेमाल करने के बहुत तरीके हैं।"

"अच्छी बात है," हिंगोरानी बोले, "आप एक तीर से दो शिकार करिए। आप तो इस जादूगर के लिए पेशेवर तरीके से काम कर रहे हैं?"

"हाँ।"

"मेरे लिए भी उसी तरह करिए, मैं आपको आपकी फीस दूँगा।"

फेलूदा ने प्रस्ताव स्वीकार कर लिया। लेकिन यह भी कह दिया था, "इतना समझ लीजिए, अकेले मेरी प्रोटेक्शन से कुछ नहीं होगा। आपको भी काफी सतर्क रहना होगा। अगर सन्देहास्पद कुछ देखें तो मुझे जरूर बताइएगा।"

"जरूर; आप कहाँ ठहरिएगा?"

"होटल कोरोमंडल में। हम लोग इक्कीस को पहुँच रहे हैं।"

"ठीक है, मद्रास में मिलते हैं।"

घर लौटते समय मैं बोला, "अच्छा फेलूदा, उनके ड्राइंगरूम के दोनों तरफ की दीवारों पर काफी बड़े-बड़े दो आयताकार निशान नजर आए थे—बहुत दिनों से टँगी हुई कोई फोटो हटा लेने से जैसा निशान बन जाता है।"

"गुड ऑब्जर्वेशन," फेलूदा बोले, "लगता है कि वहाँ दो फ्रेम किए हुए फोटो टँगे थे—सम्भवत: तैलचित्र।"

"लेकिन वे तो अब वहाँ नहीं है," जटायु बोले, "क्या इसका कोई सिग्निफिकेंस है?"

"स्पष्ट है, उन सज्जन ने तसवीर कहीं स्मगल कर दिया है।"

"उसका सिग्निफिकेंस है।"

"सात सौ छयासठ प्रकार के हैं। सब सुनने का समय है आपके पास?"

"आप फिर काँटेदार साही बन गए। मुझे लग रहा है, आप इसे अधिक महत्त्व नहीं दे रहे हैं।"

"उसका समय अभी नहीं आया है लालमोहन बाबू। इस तथ्य को मैंने अपने मस्तिष्क के कम्प्यूटर की मेमोरी में डाल दिया है। जरूरत के समय बटन दबाते ही सामने आ जाएगा।"

"आपने तो इस हींग की कचौरी का केस भी ले लिया है, दोनों को साथ-साथ सँभाल तो पाएँगे?"

फेलूदा ने इसका कोई जवाब नहीं दिया। वे अधमुँदी आँखों से गाड़ी की खिड़की के बाहर देखते-देखते धीमी आवाज में बोले, "दाल में कुछ काला है, जरूर काला है।"

8

अगले दिन सुबह अखबार खोलकर देखा—तरफदार के बारे में खबर छपी थी कि वे अपना ग्रुप लेकर उन्नीस दिसम्बर को दक्षिण भारत के दौरे पर जा रहे हैं, पच्चीस दिसम्बर को मद्रास में उनका पहला शो होने जा रहा है।

फेलूदा बाल बनवाने गए थे, करीब दस बजे लौटे। उन्हें इस खबर के बारे में बताया तो गम्भीर होकर बोले, "जानता हूँ। आत्मप्रचार की इच्छा पर बहुत कम लोग ही काबू पा सकते हैं, तोपशे! मैंने कुछ खरी-खोटी सुनाने के लिए उसे फोन किया था, कारण तो तू समझ ही रहा है—यह खबर छपने के बाद मेरा काम और ज्यादा मुश्किल हो गया है।"

"तरफदार क्या बोले?"

मेरी बात सुनकर फेलूदा उपहास से हँसकर बोले, "कह रहा था, आज के जमाने में शोमैन के सामने प्रचार के अतिरिक्त कोई चारा नहीं है मिस्टर मित्तिर! आप काइंडली इस बारे में मुझे कुछ मत समझाइए।... मैंने कहा, जिन तीन व्यक्तियों की नजर नयन पर है, उन लोगों को तुम्हारे प्रोग्राम के बारे में पता चल गया है, क्या यह अच्छा हुआ है? सुनकर वह छोकरा बोला, आप परेशान मत होइए—मैंने जिस तरह से उनसे कह दिया है, मैं, यकीन के साथ कह सकता हूँ उन लोगों ने नयन को पाने की उम्मीद छोड़ दी है। इसके बाद मैं क्या कहता? अगर सचमुच ऐसा हो तो मेरी कोई जरूरत ही नहीं रह जाती है। लेकिन मैं तो

जानता हूँ नयन का खतरा अभी भी टला नहीं है और उसके साथ मेरी भी जिम्मेदारी बनी हुई है, अर्थात मेरे लिए काम में ढिलाई बरतने का कोई सवाल ही पैदा नहीं होता।"

बाहर गाड़ी रुकने की आहट और एक साथ दो बार कॉलिंग बॅल की आवाज सुनकर समझ गया कि जटायु हाजिर हो गए हैं। अभी सवा दस बज रहे थे। अमूमन वे नौ, साढ़े नौ बजे तक आ जाते हैं, आज किसी कारण देर हो गई थी।

मुझे यह देखकर अच्छा लग रहा था कि फेलूदा के चेहरे से गुस्सा उतर गया था।

"खबर है महाशय, खबर है।" कमरे में कदम रखते ही आँखें फाड़कर जटायु बोले।

"रुकिए, देखूँ मेरा अन्दाजा कितना सही है।" फेलूदा बोले, "आप न्यू मार्केट गए थे, मैं ठीक कह रहा हूँ?"

"कैसे पता चला?"

"आपके कोट की सामने की जेब में आइडियल स्टोर्स का कैशमेमो एक इंच बाहर निकला हुआ है, साथ ही आपके कोट की बाईं जेब इस तरह से फूली हुई है जिससे साफ पता चल रहा है कि आपका पसन्दीदा टूथपेस्ट फोरहंस का एक बड़ा पैकेट आपकी जेब में है।"

"वाह, नेक्स्ट?"

"आपने रेस्टोरेंट में जाकर स्ट्रॉबेरी आइसक्रीम खाई है, उसकी दो बूँद आपकी कमीज पर टपक गई हैं।"

"जवाब नहीं, नेक्स्ट?"

"आप अकेले कभी रेस्टोरेंट में नहीं जाते हैं, मतलब आपको कोई परिचित व्यक्ति मिल गया था, जिनके साथ आप वहाँ गए थे।"

"शाबाश—नेक्स्ट?"

"आप उन्हें लेकर नहीं गए थे, वे ही आपको ले गए थे। मैं आपको इतने दिनों से जानता हूँ, कम-से-कम इतना तो निश्चित कह सकता हूँ, आपका ऐसा कोई मित्र नहीं है जिसे आप रेस्टोरेंट में ले जाकर आइसक्रीम खिलाएँ।"

"मेरा सर चकरा रहा है—नेक्स्ट।"

"उस व्यक्ति के साथ आपका हाल ही में परिचय हुआ है। आपके पुराने परिचितों में केवल हम दोनों के अतिरिक्त कोई नहीं है। क्या वह तरफदार था? नहीं, उसके पास अभी इतना वक्त नहीं है। वह अभी सफर की तैयारी कर रहा है। चतुर्लोभियों में से तो कोई नहीं? हजसन नहीं क्योंकि उनके आमंत्रण को आप ठुकरा देते—आप धाराप्रवाह अंग्रेजी बोलने में माहिर नहीं हैं। तारकनाथ? नहीं, न्यू मार्केट जाने की उनको जरूरत नहीं पड़ सकती है। उत्तर कलकत्ता में दुकानों की कमी नहीं है और जहाँ तक मेरी जानकारी है, बाजार आदि जाने के लिए उनके पास वेतनभोगी नौकर हैं। तो फिर कौन हो सकता है? तो फिर बाकी कौन रहा?

"ब्रिलिएंट, ब्रिलिएंट। आपने अन्दाजा लगा लिया है फेलू बाबू, लगा लिया है। बहुत दिनों के बाद आप की विचक्षणता और पर्यवेक्षण-क्षमता का परिचय पाकर अच्छा लगा। थैंक यू सर!"

"बसाक था न?"

"बसाक, बसाक—नन्दलाल बसाक! आज पहली बार उसका पूरा नाम जान पाया।"

"आपके साथ उसकी क्या बातचीत हुई?"

"खबर अच्छी नहीं है फेलू बाबू। उसने तरफदार को और दस हजार डॉलर देने का प्रस्ताव रखा है। मतलब तीस हजार। आजकल एक डॉलर में कितने रुपये होते हैं?"

"सत्रह रुपयों के आसपास।"

“हिसाब लगाएँ, रोंगटे खड़े हो जाएँगे।”

“तरफदार ने क्या कहा?”

“उन्होंने ठुकरा दिया है। इससे बसाक का मिजाज बिगड़ गया है, उसने तरफदार से कुछ नहीं कहा, लेकिन मुझसे बोला, ‘आप उस जादूगर से कह दीजिएगा कि ऐसा व्यक्ति अभी तक पैदा नहीं हुआ है जो बसाक के संकल्प के रास्ते में आड़े आए।’ जाते-जाते उसने और भी खतरनाक बात कही—‘पच्चीस दिसम्बर के दिन मद्रास में तरफदार के शो का उद्‌घाटन होने जा रहा है, इफ माई नेम इस नन्द बसाक—अगर मेरा नाम नन्द बसाक है—तो उस शो में बच्चे का आइटम हटा देना पड़ेगा। टेल दिस टू योर टिकटिकी फ्रेंड—यह अपने टिकटिकी मित्र को बता दीजिए।’”

फेलूदा को चेहरे से बहुत से लोग जानते हैं, इसीलिए बसाक उन्हें पहचान लेगा, इसमें चौंकनेवाली कोई बात नहीं थी। फिर भी न जाने क्यों मेरे हाथ-पैर ठंडे पड़ गए थे।

“कम-से-कम बसाक का पता तो चला।” फेलूदा बोले, “तिवारी इज़ आउट ऑफ द पिक्चर—तिवारी इस दृश्य से बाहर है—बाकी रह गए तारकनाथ और हजसन।”

“तारकनाथ क्यों—गोवांगी कहिए। तारकनाथ बदमिजाज हो सकता है, लेकिन इस उम्र में वह अकेले कुछ नहीं कर पाएगा।”

इसे ही फेलूदा टेलिपैथी कहते हैं। तारकनाथ की चर्चा खत्म होने के एक मिनट के भीतर दरवाजे की घंटी बजने पर दरवाजा खोलकर देखा कि स्वयं टी.एन.टी. खड़े थे।

“मिस्टर मित्तिर हैं?”

“आइए-आइए” फेलूदा अन्दर से बोले, “देख रहा हूँ, आपने भी मुझे पहचान लिया है।”

अन्दर आकर सोफे पर बैठते-बैठते वह सज्जन बोले, "पहचानूँगा क्यों नहीं? और जब आपको पहचान लिया तो आपके इस लैंगबोट को भी पहचान लिया है, आप ही तो जटायु हैं न?"

"जी हाँ।"

"एकबार तो सोचा था आपको भी अपने अजायबघर में ले जाकर रखूँ क्योंकि अद्भुत कहानियाँ लिखने में तो आप एकमेवाद्वितीयम् 'हंरास में हाहाकार!'—हा:-हा:-हा:-हा:!"

इन सज्जन के घर को कँपा देनेवाले इस जोरदार ठहाके से नए सिरे से परिचय हुआ।

"तो फिर आपसे मद्रास में मुलाकात होगी?" फेलूदा की तरफ देखकर तारकनाथ ठाकुर ने पूछा।

"आपने जाना तय कर लिया है?"

"अकेले मैं ही क्यों, मेरे साथ युगांडा का अपदार्थ भी जाएगा—हा:-हा:-हा:—क्यों? अच्छी बात है। क्यों जटायु?"

"आप तो रेल से जा रहे हैं न?" फेलूदा ने पूछा।

"दूसरा चारा ही क्या है? प्लेन की सीट पर तो गोवांगी बैठ ही नहीं पाएगा!"

एक और ठहाका लगाकर, वे सज्जन खड़े होकर बोले, "आपसे एक बात कहूँ मिस्टर मित्तिर—अनेक परिस्थितियों में दैहिक शक्ति के आगे मानसिक शक्ति टिक नहीं पाती। गोवांगी की तुलना में आपकी बुद्धि कई गुना ज्यादा है, इसमें कोई शक नहीं है, लेकिन कसरत में माहिर होने के बावजूद गोवांगी की दैहिक शक्ति का सौवाँ हिस्सा भी आपके पास नहीं है। गुडबाई।"

वे सज्जन जैसे अचानक आए थे वैसे ही चले गए। मैंने मन-ही-मन सोचा—गोवांगी को एक बार अपनी आँखों से देखना ही होगा।

9

स्टेशन से होटल जाते-जाते मद्रास शहर देखकर जटायु बोले, "इस शहर का नाम बम्बई, दिल्ली, कलकत्ता के साथ क्यों लिखा जाता है, इसकी कोई वजह मुझे समझ में नहीं आ रही है। पश्चिम बंगाल के किसी भी छोटे शहर में इससे अधिक चहल-पहल रहती है। दिसम्बर के महीने में भी यहाँ गर्मी से कैसी बुरी हालत है, देख रहे हैं? और हम लोग जिस होटल में जा रहे हैं वहाँ देशी-विदेशी सब तरह का खाना मिलता है न? मद्रासी मेनू में तो सुना है केवल तीन नाम होते हैं। मैं ज्यादा खानेवालों में भले न होऊँ, लेकिन जितना भी खाऊँ स्वादिष्ट न होने पर मेरा मन नहीं भरता।"

लेकिन मुझे यह शहर बुरा नहीं लग रहा था, हालाँकि यहाँ चहल-पहल बिलकुल नहीं थी। लम्बे समय के बाद किसी बड़े शहर में आकर चारों तरफ विशाल-विशाल इमारतों की भीड़ नजर नहीं आ रही थी, यह देखकर विचित्र लग रहा था। सड़कें अच्छी थीं—अभी तक एक भी गड्ढा नजर नहीं आया था, और सबसे बड़ी बात थी कि ट्रैफिक जाम नहीं था। फिर भी लालमोहन बाबू न जाने क्यों मुँह फुलाए हुए थे?

"बैकुंठ मल्लिक के बारे में तो कई बार आपलोगों को बताया है।" जटायु अचानक बोले।

"आपके वही एथिनियम इंस्टीट्यूशन के कवि?"

"कवि और पर्यटक भी। उनको भ्रमण का नशा था।"

"वे क्या मद्रास भी आए थे?"

"सर्टेनली!"

"मद्रास पर उनकी कोई कविता है?"

"सर्टेनली है। जस्ट सिक्स लाइंस—सिर्फ छह पंक्तियाँ। सुनिए...

"बड़ा हताश हुआ हूँ आज
तुम्हें देखकर मद्रास—
भाषा यहाँ है दुर्बोध्य तमिल
अन्य भाषाओं संग नहीं कोई मेल—
इडली और दोसा खाएतृप्तेगी होगी रसना?
ओरे बाबा, इस शहर में कोई कभी मत आना!"

"तृप्तेगी?" भौंहे सिकोड़कर फेलूदा बोले।

"क्यों नहीं? मल्लिक पर माइकल का गहरा प्रभाव था। तृप्तेगी नाम धातु है। आप जासूस हैं इसीलिए शायद नहीं जानते हैं, हम साहित्यकार लोग जानते हैं। कहा न—हाईली टैलेंटेड। अनपढ़ों का देश है इसीलिए उन्हें ख्याति नहीं मिली।"

मैं गौर कर रहा था। बैकुंठ मल्लिक की चर्चा करते समय जटायु अत्यन्त उत्तेजित हो जाते हैं और उनकी जरा भी समालोचना सुनते ही उनका गुस्सा फूट पड़ता है। फेलूदा और मैं इसलिए चुप हो गए।

इतना बता दूँ कि ट्रेन में कोई गड़बड़ नहीं हुई थी। तरफदार, शंकर बाबू और नयन, फर्स्ट ए.सी. के डिब्बे में ही थे। जिन तीनों को लेकर परेशानी थी—हजसन, तारकनाथ और बसाक—अगर वे हमारे डिब्बे में रहे भी हों तो उन लोगों में से कोई ट्रेन में हमें नजर नहीं आया? मद्रास सेंट्रल में उतरकर भी इनमें से किसी को नहीं देखा था। हिंगोरानी आज रात प्लेन से पहुँच रहे थे। वे हमारे होटल में ही ठहरने वाले थे।

कोरोमंडल की चमचमाती लॉबी में पहुँचकर लालमोहन बाबू के चेहरे पर हँसी फूटी। चारों तरफ नजरें घुमाकर बोले, "नहीं, सचमुच अतुलनीय है! इडली-डोसा के देश में इसकी कल्पना भी नहीं की जा सकती है।"

ट्रेन में बैठकर ही हम लोगों ने तय कर लिया था कि शुरू के तीन दिन हम लोग थोड़ा घूम-फिर लेंगे। नयन और तरफदार भी हमारे साथ रहेंगे।

फेलूदा ने कहा, "हम लोगों ने एलिफेंटा देखा है, एलोरा देखा है, उड़ीसा का मन्दिर देखा है—मद्रास में महाबलीपुरम देख लेने से भारत के श्रेष्ठ भास्कर्य का पूरा निदर्शन देख लेंगे। तोपशे, तू गाइडबुक में एक बार नजर डाल लेना। इनके बारे में थोड़ी-बहुत जानकारी हासिल कर लेने से, देखने में और मजा आएगा।"

रात में नौ बजने से पहले हम लोग डाईनिंग हॉल में मुगलई खाना खाकर ए.सी. कमरे में जाकर चैन से सो गए थे। अगले दिन सुबह नींद से उठकर फेलूदा बोले, "एक बार तरफदार का हाल पूछना जरूरी है।"

हम दोनों ने अपनी चौथी मंजिल के 433 नम्बर कमरे से निकलकर तीसरी मंजिल के 382 नम्बर कमरे के दरवाजे की घंटी दबाई।

स्वयं तरफदार ने ही दरवाजा खोला। कमरे में जाकर देखा, शंकर बाबू भी थे, एक और सज्जन थे, जो चेहरे से मद्रासी लग रहे थे। लेकिन नयन नजर नहीं आ रहा था?

'गुड़ मॉर्निंग मिस्टर मित्तिर,' हँसते हुए तरफदार बोले। आप मिस्टर रेड्डी हैं। इनके रोहिणी थियेटर में ही मेरा शो है। कह रहे हैं बहुत लोग पूछताछ कर रहे हैं। इनकी धारणा है कि शो हाउसफुल रहेगा।"

"नयन कहाँ है?" तरफदार की बातों को अनसुनी करते हुए फेलूदा ने पूछा।

यहाँ के सर्वाधिक प्रतिष्ठित समाचार पत्र 'हिन्दू' के एक पत्रकार नयन का साक्षात्कार ले रहे हैं," तरफदार बोले, "इससे हम लोगों को बहुत अच्छा प्रचार मिल जाएगा।"

"लेकिन कहाँ हो रहा है यह साक्षात्कार?"

होटल मैनेजर ने खुद भूतल के कॉन्फ्रेंस हॉल में इन्तजाम कर दिया है। यह भी कह दिया है कि किसी बाहरी आदमी को घुसने न दिया जाए। इसके अतिरिक्त..."

तरफदार की बात पूरी होने से पहले फेलूदा एक झटके में कमरे से निकल कर होटल के कॉरीडोर में दौड़ पड़े। मैं भी उनके पीछे भागा।

लिफ्ट छोड़कर हम दोनों सीढ़ियों से भागते हुए नीचे उतरे। फेलूदा दाँत भींचकर हिन्दी, अंग्रेजी, बांग्ला में तरफदार को कोस रहे थे।

नीचे पहुँचकर सामने एक बेयरे को पाकर फेलूदा ने पूछा, "कॉन्फ्रेंस हॉल किधर है?"

बेयरा के इशारा करते ही हम दोनों हड़बड़ाकर कमरे में घुस गए।

काफी बड़ा हॉल था। हॉल के बीचोबीच लम्बी मेज के दोनों तरफ कुर्सियाँ लगी थीं। उनमें से एक कुर्सी पर नयन बैठा था, उसकी बगल की कुर्सी पर एक दाढ़ीवाला आदमी नोटबुक खोलकर हाथ में डॉट पेन लेकर नयन से बात कर रहा था।

फेलूदा तीन सेकेंड तक चुपचाप खड़े होकर यह दृश्य देखते रहे। उसके बाद विद्युत की गति से आगे जाकर एक झटके में रिपोर्टर की दाढ़ी-मूँछें खोल दीं।

मैंने चकित होकर देखा, दाढ़ी-मूँछों के पीछे से हेनरी हजसन का चेहरा निकल आया।

"गुड मॉर्निंग," बेशर्मी से हँसते हुए हजसन बोले। फेलूदा नयन की तरफ देखकर बोले, "यह आदमी तुमसे क्या पूछ रहा था?"

"घोड़ों के बारे में।"

"मेरा काम यहीं खत्म हो जाने के बावजूद मुझे कोई अफसोस नहीं है।" हजसन बोले, "अगले तीन दिनों के सभी विनिंग हॉर्स के नम्बर मैंने

जान लिए हैं। अब मैं अगले कुछ वर्षों के लिए निश्चिन्त हो गया हूँ। गुड डे सर!"

कहकर हजसन रोब के साथ कमरे से बाहर चले गए थे। फेलूदा आपना माथा पकड़कर हजसन की कुर्सी पर बैठ गए। फिर माथा पकड़कर

सर हिलाते हुए खीजकर बोले, "अगर अब तुमसे कोई कुछ पूछे तो कह देना—फेलूकाका के सामने बताऊँगा, नहीं तो नहीं बताऊँगा। समझ गए न?"

नयन ने सर हिलाकर बताया कि वह समझ गया है।

मैंने कहा, "लेकिन एक बात है फेलूदा, हजसन अब परेशान नहीं करेगा। वह अब कलकत्ता लौटकर रेस खेलेगा।"

"यह तो ठीक है, लेकिन मैं सोच रहा हूँ हमारा जादूगर कितना गैर-जिम्मेदार आदमी है। एक जादूगर में इससे ज्यादा कॉमनसेंस होना चाहिए।"

हम लोग नयन को लेकर वापस तरफदार के कमरे में पहुँचे।

"बहुत अच्छी पब्लिसिटी होगी तुम्हारी।" व्यंग्यात्मक स्वर में फेलूदा ने तरफदार से कहा।

"नयन किसे इंटरव्यू दे रहा था, जानते हो?"

"किसे?"

"मिस्टर हेनरी हजसन को।"

"वह दाढ़ीवाला...?"

"हाँ, उस दाढ़ीवाले को। वह अपने इरादे में सफल हो गया है। अगर यह तुम्हारी अकलमन्दी है, तो मैं किसी तरह तुम्हारी सहायता नहीं कर पाऊँगा। तुम्हारा अनुमान सही नहीं है, यह तो तुम देख ही रहे हो। हजसन अगर मद्रास तक पीछा कर सकता है तो बाकी दोनों भी क्यों नहीं कर सकते? मैं जानता हूँ कि खतरे की आशंका अभी भी बरकरार है। इस स्थिति में मेरी सलाह़ तुम्हें माननी ही पड़ेगी।"

"बताइए सर!" सर झुकाकर बाल नोचते हुए तरफदार बोला।

"मिस्टर रेड्डी अपनी तरफ से जितनी पब्लिसिटी जरूरी समझें वह करें। लेकिन तुम या शंकर किसी तरह की पब्लिसिटी के चक्कर में नहीं पड़ोगे। प्रेस कितना भी दबाव डाले, तुम लोग मुँह नहीं खोलोगे। अगर तुम लोगों का यह दौरा सफल होगा तो वह नयन की वजह से ही होगा, तुम्हारे प्रचार के कारण नहीं। समझ गए हो न?"

"मैं समझ गया हूँ सर!"

ब्रेक फास्ट के समय यह घटना सुनकर लालमोहन बाबू बोले, "इसी की तो जरूरत थी। आशंका थी कि मद्रास में आकर मामला कहीं शान्त न हो जाए। लेकिन वैसा नहीं हुआ बल्कि अब जमकर खेल शुरू हो गया है।"

तय हुआ कि दस बजे हम लोग दो टैक्सी लेकर निकल पड़ेंगे। आज महाबलीपुरम नहीं जाएँगे, कल जाएँगे। आज स्नेक पार्क देखने जाएँगे। इस पार्क में पेड़-पौधों की भी भरमार है, इसके साथ साँपों का डिपो भी।

हम लोग निकलने की तैयारी कर रहे थे। लालमोहन बाबू तैयार होकर हम लोगों के कमरे में आ गए थे कि इतने में दरवाजे की घंटी बज उठी। दरवाजा खोलकर देखा, सामने हिंगोरानी खड़े थे।

"मे आई कम इन—क्या मैं अन्दर आ सकता हूँ?"

टीवी चल रहा था, हालाँकि उसमें देखने लायक कुछ नहीं था। फेलूदा उसे बन्द करके बोले, "जरूर, जरूर, प्लीज कम इन—कृपया आएँ।"

वे सज्जन कमरे में आकर चैन से सोफे पर बैठकर बोले, "सो फार—नो ट्रबल।"

"यह तो अच्छी खबर है," फेलूदा बोले।

"मेरा विश्वास है कि तिवारी को मेरे मद्रास आने की खबर नहीं है।"

"आप खुद सतर्क तो हैं न?"

"वह तो हूँ!"

"एक बात मैं आपको खूब जोर देकर समझाना चाहता हूँ कि आप जब अपने कमरे में रहेंगे तब अगर दरवाजे की घंटी बजे तो नाम पूछकर आवाज पहचानने के बाद ही दरवाजा खोलिएगा, उससे पहले नहीं।" हिंगोरानी के कुछ कहने से पहले ही हमारे दरवाजे की घंटी बजी। दरवाजा खोलकर देखा, नयन को लेकर तरफदार खड़े थे।

"आओ, अन्दर आओ।" फेलूदा बोले।

"क्या यही वह असामान्य क्षमता सम्पन्न बालक है?" दोनों के अन्दर आने के बाद हिंगोरानी ने पूछा।

मैंने फेलूदा की ओर देखा, उनके होंठों पर मुसकान थी।

"आपके साथ इन दोनों का परिचय करवाने की कोई जरूरत है क्या?" फेलूदा ने हिंगोरानी से पूछा।

"व्हाट डू यू मीन—आप क्या कहना चाहते हैं?"

"मिस्टर हिंगोरानी आपने मुझे अपनी सुरक्षा के लिए नियुक्त किया है। आपको इतना ध्यान रखना होगा कि अगर आप अपने जासूस को किसी मामले में अँधेरे में रखते हैं तो जासूस का काम और मुश्किल हो जाएगा।"

"आप कहना क्या चाहते हैं?"

"यह तो आप भली-भाँति समझ रहे हैं, लेकिन न समझने का दिखावा कर रहे हैं। हालाँकि सच को छुपाने के दोषी आप अकेले नहीं हैं? दोषी ये भी हैं।"

फेलूदा ने आखिरी टिप्पणी तरफदार पर की थी। तरफदार कुछ बोल नहीं पा रहे थे, वे भावहीन नजरों से फेलूदा को देख रहे थे।

"जब आप दोनों खामोश हैं तब मैं ही कहे देता हूँ।"

फेलूदा की नजर अब भी तरफदार पर ही थी।

"सुनील, तुम किसी संरक्षक की बात कह रहे थे। क्या मैं अन्दाजा लगा सकता हूँ कि मिस्टर हिंगोरानी ही वह संरक्षक हैं?"

हिगोरानी आँखें फाड़कर कुर्सी से उछलकर बोले, "बट हाउ डिड यू नो—लेकिन यह आपने कैसे जाना? क्या यह भी जादू है?"

"नहीं हिंगोरानी—यह जादू नहीं है, यह अपनी इन्द्रियों को सजग रखने का नतीजा है। हम जासूस लोग आम आदमियों से कहीं अधिक देखने-सुनने की क्षमता रखते हैं।"

"क्या देख या सुनकर आपने इस सच का पता लगाया?"

"पिछले रविवार को तरफदार के जादू के शो में एक युवक के सवाल के जवाब में ज्योतिष्क ने दो गाड़ियों का नम्बर बताया था, उनमें से एक का नम्बर था डब्ल्यू एम एफ दो-तीन-दो। मैंने देखा, यह आपके गैराज के सामने खड़ी कंटेसा का नम्बर है। वह युवक आपके घर का ही था। उसने शो से लौटकर आपको ज्योतिष्क की असामान्य क्षमता के बारे में नहीं बताया था?"

"हाँ बताया था। मोहन, मेरा भतीजा है..." हिंगोरानी सकपका चुके थे।

"एक और बात है," फेलूदा बोले, "उस दिन आपके ड्राइंगरूम के बुककेस में देखा, एक पूरा ताख जादू की किताबों से भरा था। इसका मतलब..."

"यस, यस, यस," फेलूदा को रोकते हुए हिंगोरानी बोले, "उन किताबों से मैं अभी मोहमुक्त नहीं हो पाया हूँ। मेरे पिता जी ने मेरे जादू का सारा सामान फेंक दिया था, लेकिन किताबें नहीं फेंकी थीं।"

मैंने तरफदार की तरफ देखा, उनकी बुरी हालत थी।

"तरफदार को दोष मत दीजिए मिस्टर मित्तिर! हिंगोरानी बोले, "मेरे कहने पर ही इन्होंने मेरा नाम नहीं बताया था।"

"लेकिन इतनी गोपनीयता की वजह क्या थी!"

"इसकी भी एक वजह है, मिस्टर मित्तिर!" हिंगोरानी बोले।

"क्या?"

"मेरे पिता जी अभी भी जीवित हैं, फैजाबाद में हमारे पुश्तैनी मकान में रहते हैं। वे बयासी वर्ष के हैं, लेकिन इस उम्र में भी उनकी याददाश्त ठीक है, शरीर स्वस्थ है। अगर उन्हें पता चल गया कि इतने दिनों के बाद मैं फिर जादू के साथ जुड़ रहा हूँ तो वे मुझे त्याग देंगे, बेदखल कर देंगे।"

फेलूदा भौंहें सिकोड़कर दो-तीन बार सिर ऊपर-नीचे करके बोले, "समझ गया।"

हिंगोरानी अपनी बात जारी रखते हुए बोले, "मोहन ने शो से लौटते ही मुझे इस बालक की असामान्य क्षमता के बारे में बताया था। तभी मैंने सोच लिया था कि जल्द ही मुझे टी.एच. सिंडिकेट से अलग होकर स्वतन्त्र रोजगार की व्यवस्था करनी होगी। रविवार रात ज्योतिष्क के बारे में सुनने के बाद मैं सोमवार सुबह ही तरफदार के घर गया और उनके सामने अपना प्रस्ताव रखा। तरफदार सहमत हो गए। इसके दो दिनों बाद ही तिवारी के रुपये चोरी हो गए और उसके साथ मेरा मतभेद अपनी चरम सीमा पर पहुँच गया। मुझसे और रहा नहीं गया। मैंने चार लाइन की चिट्ठी लिखकर तिवारी को सूचना भेज दी कि मैं अस्वस्थ हूँ। चिकित्सक की सलाह पर एक महीने की छुट्टी पर जा रहा हूँ, और अगले दिन से दफ्तर जाना बन्द कर दिया।"

"इसका मतलब आप मद्रास आ ही रहे थे तिवारी के शो के लिए।"

"हाँ, लेकिन खतरे की आशंका भी पूरी तरह सच है। मतलब आपकी मदद मुझे लेनी ही पड़ती।"

"और आपने मद्रास में जो एक नौकरी की सम्भावना की बात कही थी।"

"वह सच नहीं थी।"

"आई सी!" फेलूदा बोले, "तो मामला यही है कि आपकी जिन्दगी खतरे में है। और उसकी वजह है तिवारी से सम्बन्धित घटना, ज्योतिष्क भी खतरे में पड़ सकता है। दो अत्यन्त लोभी और बेपरवाह व्यक्तियों की साजिश की वजह से। इन दोनों खतरों से निपटने के लिए मुझे नियुक्त किया गया है। नयन के साथ हर पल हमारा कोई-न-कोई आदमी रहेगा। अब आप बताइए, आप किस तरह से हमारे काम को आसान बना सकते हैं?"

हिंगोरानी बोले, "मैं वायदा करता हूँ मैं आपका आदेश पूरी तरह मान कर चलूँगा। इसके पहले मैं कई बार मद्रास आ चुका हूँ। कुछ देखना बाकी

नहीं है। तरफदार का शो शुरू होने के बाद मैनेजर से मुझे उसकी रिपोर्ट मिलती रहेगी और शो के लिए मुझे जो कुछ पेमेंट करना होगा वह मैनेजर को करूँगा। मतलब मैं अपने कमरे में ही रहूँगा और परिचित व्यक्ति है या नहीं, यह जाँच किए बिना दरवाजा नहीं खोलूँगा।"

फेलूदा खड़े हो गए और उनके साथ-साथ हम दोनों भी।

"चलो नयन बाबू!"

जटायु ने नयन की तरफ हाथ बढ़ा दिया। नयन ने बड़े आग्रह से उनका हाथ पकड़ लिया। समझ गया, जटायु से उसकी अच्छी दोस्ती हो गई है।

10

स्नेक पार्क में हम लोग ज्यादा देर नहीं रुके थे, लेकिन यह समझ में आ गया था कि यह जगह कुछ नई तरह की है। यह केवल मात्र एक व्यक्ति के दिमाग की उपज है, यह सोचा भी नहीं जा सकता। मैंने जितनी तरह के साँपों के बारे में सुना था, उन सभी प्रजातियों के अतिरिक्त यहाँ साँपों की और भी प्रजातियाँ थीं। यहाँ साँप देखने के अतिरिक्त पार्क में घूमने का भी अलग मजा था।

पहले दिन की इस आउटिंग के दौरान कोई बताने लायक या सनसनीखेज घटना नहीं घटी थी। हालाँकि हजसन के छद्मवेश की बात सुनने के कारण ही शायद लालमोहन बाबू दाढ़ीवाले किसी भी व्यक्ति को देखते ही उसे बसाक समझकर सन्देह करके नयन को थोड़ा अपने पास खींच लेते थे।

साँप देखने के बाद इधर-उधर घूमते समय अचानक रेलिंग से घिरे एक जलाशय में देखा, पाँच मगरमच्छ धूप सेंक रहे थे। लग रहा था कि वे सो रहे हैं। रेलिंग के बाहर से हम सब यह दृश्य देख रहे थे, तभी लालमोहन बाबू नयन से बोले, "तुम थोड़े बड़े हो जाओ, मैं तुम्हें अपनी 'कराल कुम्भी' पुस्तक दूँगा।" इतने में बनियान और नेकर वाला एक आदमी दो हाथों में दो बाल्टियाँ लेकर मगरमच्छ से पचास हाथ की दूरी पर खड़ा हो गया। अब सभी थोड़े हिल-डुल कर बैठ गए थे। वह आदमी

बाल्टी से मेढक निकालकर उनकी तरफ फेंक रहा था। आश्चर्य की बात यह थी सभी मेढक किसी-न-किसी मगर के खुले मुँह में गिर रहे थे। मगर को कभी मेढक चबाकर खाते हुए नहीं देखा था और सोचा भी नहीं था कि कभी देखूँगा।

गोलमाल वाली घटना अगले दिन घटी थी और उसकी याद आते ही मन में भय, आतंक, अविश्वास, विस्मय—सब कुछ एक साथ पैदा हो जाते हैं।

गाइडबुक पढ़कर हम जान चुके थे कि महाबलीपुरम मद्रास से अस्सी किलोमीटर दूर था, रास्ता ठीक था जाने में ज्यादा समय नहीं लगता। शंकर बाबू ने कल की तरह आज भी दो टैक्सियों का इन्तजाम कर दिया था। इस बार नयन, तरफदार के साथ न बैठकर हम लोगों के साथ बैठना चाहता था। वजह और कुछ नहीं, जटायु के साथ उसकी खूब पट रही थी। जटायु उसे अपने नए उपन्यास 'अटलांटिक आतंक' की कहानी सहज भाषा में सुना रहे थे। एक बार में तो पूरी कहानी नहीं सुनाई जा सकती थी इसलिए वे टुकड़ों में सुना रहे थे। इसीलिए गाड़ी में नयन, जटायु और फेलूदा के बीच में बैठा और मैं सामने की सीट पर।

जाते-जाते पता चल रहा था कि हम लोग समुद्र की तरफ जा रहे थे। मद्रास शहर के समुद्र के किनारे होने के बावजूद हम लोगों ने अभी तक समुद्र नहीं देखा था। लेकिन हम लोग शाम के समय समुद्र की तरफ से बहती हुई हवा का आनन्द उठा रहे थे।

सवा दो घंटे चलने बाद जैसे अचानक ही सामने का परिदृश्य एकदम बदल गया—दूर गहरे नीले रंग का पानी और सामने रेत पर ऊँची-ऊँची न जाने कौन-सी चीज बिखरी हुई थी।

और कुछ आगे जाने के बाद पता चला कि वे सब मन्दिर हैं! मूर्तियाँ और विशाल पत्थरों पर खुदाई करके बनाए हुए तरह-तरह के दृश्य।

हमारी गाड़ी जहाँ आकर रुकी थी, ठीक उसके सामने एक जीप खड़ी थी और उसके पीछे एक बहुत बड़ी लक्जरी बस। बस पर विदेशी पर्यटकों के बहुत बड़े समूह के सदस्य एक-एक करके चढ़ रहे थे। उन्हें देखकर अचानक भी पहचाना जा सकता था कि वे अमेरिकी हैं। वे तरह-तरह के कपड़े पहने हुए थे। तरह-तरह की टोपियाँ, चश्मे और झोले भी उनके साथ थे।

'बिग बिजनेस, टूरिज्म' कहकर जटायु ने नयन को कार से उतारा। फेलूदा इसके पहले यहाँ कभी नहीं आए थे, लेकिन कहाँ क्या था इसकी पूरी जानकारी थी। उन्होंने पहले ही हम लोगों से कह रखा था—"यहाँ दूर-दूर तक देखने लायक बहुत चीजें बिखरी हुई हैं; लेकिन नयन को लेकर उतना घूमना सम्भव नहीं है, तू कम-से-कम चार चीजें जरूर देख लेना—शोर टेम्पल, गंगावतरण, महिषमर्दिनी गुहा और पंच पांडव गुहा। अगर ज़टायु देखना चाहें तो देखेंगे, नहीं तो वे नयन को सँभालेंगे। तरफदार और शंकर क्या करेंगे, मैं नहीं जानता; उनकी बातचीत से नहीं लगता कि उनमें कलाप्रेम नाम की कोई चीज है।"

हम लोग गाड़ी से उतरकर आगे बढ़े ही थे कि लालमोहन बाबू ने एक जटायु मार्का सवाल कर डाला—

"यह तो वल्लभों की बनवाई कृतियाँ हैं न?"

फेलूदा खीजकर बोले, "पल्लव, मिस्टर गांगुली, पल्लव। नॉट वल्लभ।"

"किस सदी में?"

"उसे खोका से पूछिए, बता देगा।"

हालाँकि लालमोहन बाबू ने वैसा नहीं किया, केवल धीमे स्वर में 'सजारु' कहकर चुप हो गए।

मैं जानता था कि महाबलीपुरम सातवीं सदी में बना था।

हमने पहले ही शोर टेम्पल या समुद्र के किनारे का मन्दिर देखा। मन्दिर के पीछे की चारदीवारी से लहरें आकर टकरा रही थीं।

"ये लोग स्पॉट सिलेक्ट करना जानते थे महाशय!" लहरों की ध्वनि से भी ऊँचे स्वर में जटायु बोले। दाहिनी तरफ दूर एक हाथी और एक साँढ़ की मूर्ति थी, उनके नजदीक ही छोटे-छोटे मन्दिरों के समान कुछ ढाँचे थे। फेलूदा बोले, "वे सब पांडवों के रथ हैं, जो देखने में कुछ-कुछ बंगाल के गाँव के कच्चे घरों की तरह हैं, वह द्रौपदी का रथ है।"

गंगावतरण देखकर सर चकरा गया। हालाँकि लोग इसे अर्जुन की तपस्या भी कहते हैं। सारा दृश्य बाहर ही था। यह तो स्पष्ट था कि पत्थरों के विशाल पट्ट को देखकर ही कलाकारों ने यह दृश्य बनाने की परिकल्पना की थी। दो विशालकाय हाथी और उनके चारों तरफ अनगिनत लोगों की भीड़ थी।

लालमोहन बाबू, नयन को लेकर अब तक हमारे साथ ही थे। इस दृश्य को देखकर बोले, "यह तो छेनी, हथौड़े का काम है न?"

"हाँ", फेलूदा गम्भीर होकर बोले, "लेकिन जरा सोचिए—हजारों की संख्या में हमारे देश में प्राचीन पुरातत्व के नमूने बिखरे पड़े हैं, दसवीं-बाहरवीं शताब्दी में जिन्हें बनाया गया था। लेकिन बारीकी से देखने से भी कहीं छेनी-हथौड़ी के प्रयोग में लापरवाही नजर नहीं आएगी। यह तो मिट्टी नहीं है कि उँगलियों से दबाकर ठीक कर लेंगे। गलतियाँ सुधारने का मौका नहीं रहता है। आज उस तरह के परफेक्शन का हजारवाँ हिस्सा भी नहीं बचा है, न जाने वह सब कहाँ चला गया।"

तरफदार और शंकर बाबू आगे निकल गए थे; फेलूदा बोले, "जाओ तुम लोग पाँच पांडव और महिषमर्दिनी गुफाएँ देख आओ। मैं इसे और बारीकी से देख रहा हूँ। इसमें और वक्त लगेगा।"

फेलूदा से गाइड बुक लेकर प्लान देखकर समझ लिया था कि उन दो गुफाओं को देखने के लिए किधर से जाना होगा। लालमोहन बाबू को भी

मुँहजबानी समझा दिया था। लेकिन वे महाबलीपुरम छोड़कर अटलांटिक में चले गए थे। पता नहीं, मेरी बातें उनके कानों में पहुँची भी या नहीं। न पहुँचने के बावजूद मेरे चलने से पहले ही वे कहानी सुनाते-सुनाते नयन को लेकर चल पड़े।

थोड़ी दूर जाने के बाद दाहिनी ओर मुड़कर देखा, एक कच्ची सड़क पहाड़ के ऊपर तक चली गई थी। प्लान के मुताबिक इसी सड़क से जाना था। लहरों की गर्जना कम थी; उससे तेज तो लालमोहन बाबू की आवाज थी। लग रहा था उनकी कहानी क्लाइमेक्स पर पहुँच चुकी थी।

थोड़ी दूर चलते ही मैंने देखा, मैं पाँच पांडव गुफा में पहुँच गया हूँ—कम-से-कम बाहर का साइन बोर्ड तो यही बता रहा था। अन्दर जाने से पहले ही मैंने देखा कि जटायु नयन के साथ गुफा से निकलकर उसी रास्ते से और ऊपर चले जा रहे हैं। मैं समझ गया, ऐसे अद्भुत शिल्प सौन्दर्य की लालमोहन बाबू के पास कोई कीमत नहीं है।

फेलूदा का आदेश था इसीलिए पाँच पांडवों की गुफा में थोड़ा समय देकर देखा। गरदन घुमाए गाय और उसके साथ खड़ी बछिया की प्रतिकृति देखकर लगा, आज भी बंगाल के गाँवों में हमें हमेशा ऐसा दृश्य देखने को मिलता है। केवल गाय-बछड़े ही क्यों, महाबलीपुरम में हाथी, हिरण, बन्दर, साँढ़ आदि जानवरों को देखकर पता चलता है—तेरह सौ वर्षों में भी इनके चेहरों में कोई परिवर्तन नहीं आया है, लेकिन पहनावे में बदलाव आने के कारण उस जमाने के लोगों को आज पहचानना कठिन हो गया था।

गुफा से बाहर निकलकर कुछ बदला-बदला-सा लगा, जिन्हें आँखों और कानों से महसूस किया। एक तो सूरज भूरे बादलों में छुप गया था। यह गड़गड़ाहट बादलों की थी, इसमें कोई शक नहीं था। धूप की प्रखरता कम हो जाने के कारण अब समुद्री हवा और तेज हो गई थी।

सबसे ज्यादा फर्क कानों में महसूस हो रहा था। समुद्र की गहरी साँसों के अतिरिक्त कोई शोर नहीं था। मैंने गुफा में पाँच मिनट से ज्यादा वक्त नहीं

बिताया। सामने ही महिषमर्दिनी गुफा थी। उसके भीतर से लालमोहन बाबू की आवाज आनी चाहिए थी क्योंकि कहानी के काफी रोमांचक अंश को सुनाते हुए वे गुफा में पहुँचे थे। यह भी हो सकता है कि वे गुफा के अन्दर न जाकर आगे निकल गए हों। लेकिन क्यों? उधर तो देखने लायक और कुछ नहीं था। वह नयन को लेकर कहाँ चले गए थे?

मेरे अन्दर एक अनजानी आशंका पैदा होने लगी। अचानक महिषमर्दिनी गुफा की तरफ दौड़ने लगा। गुफा के पास पहुँचने के बाद एक और शोर ने मुझे बेहद आतंकित कर दिया।

'हा:-हा:-हा:-हा:-हा:-हा:-हा:'—

यह टी.एन.टी. का ठहाका था।

तेज भागकर, मोड़ से मुड़ते ही एक भयानक दृश्य देखकर पल-भर के लिए मेरी साँसें रुक गई।

मैंने देखा कि लाल-काले रंग की धारीदार कमीज और काला पैंट पहने एक विशालकाय जीव, जिसे दानव कहना भी गलत नहीं होगा, वह एक तरफ नयन और दूसरी तरफ जटायु को दबाकर तेज गति से दूर चला जा रहा है।

यह बहुत ही भयानक दृश्य था, लेकिन उस समय मेरे सर पर खून सवार था। शायद उसी वजह मेरे शरीर में स्फूर्ति और मन में साहस आ गया था। मैं 'फेलूदा' कहकर चीखते हुए जी-जान से उनकी तरफ भागा—मैं पीछे से जाकर उसका एक पैर पकड़कर उसे रोकना चाहता था।

लेकिन जैसा सोचा था वैसा करने के बावजूद कोई फायदा नहीं हुआ। पैर पकड़ते ही पहले तो वह दैत्य भयानक तरीके से चीखा—मैं समझ गया बादशाह ने जहाँ काटा था, मैंने वहीं हाथ रख दिया था। दूसरे ही पल देखा उसके उस जख्मी पैर के एक झटके से मैं जमीन से शून्य में चला गया और उसके बाद नयन के साथ उसी हाथ में कैद हो गया। वह हवा को चीरते हुए

आगे बढ़ता चला जा रहा था। मेरे दोनों पैर पेंडुलम की तरह लटक रहे थे। दैत्य की माँसपेशियों के दबाव से मेरी साँसें बन्द हो रही थीं, इसके बावजूद मैं दूसरी तरफ से लालमोहन बाबू का 'अरी माँ, अरी माँ' का आर्तनाद सुन रहा था।

और यह हँसी!

सामने बीस हाथ की दूरी पर तारकनाथ हँसते-हँसते उछल-कूद रहे थे और हाथ ऊपर उठाकर डंडा घुमा रहे थे।

"क्यों गोवांगी किसे कहते हैं देखा?" चीखकर बोले टी.एन.टी.।

लेकिन अब वे अकेले नहीं थे। उनके पीछे दो और व्यक्ति आकर खड़े हो गए थे। उनमें से एक व्यक्ति विचित्र तरीके से सामने झुककर बत्तख की तरह लम्बे-लम्बे कदम बढ़ाकर हमारी तरफ चला आ रहा था।

चमकदार सुनील तरफदार।

अब तरफदार अपने चलने की गति कम किए बिना दोनों हाथों को आगे बढ़ाकर उन्हें साँप के फन की तरह हिला रहे थे। उनकी नजर सीधे उसकी आँखों पर थी जो हमें उठाकर ले जा रहा था।

ये नजरें, यह झुकना, हाथों को लहराना—इन सबसे मैं परिचित था। यह थी तरफदार की सम्मोहित करने की कला।

तारकनाथ के अचानक पागलों की तरह डंडा उठाकर तरफदार की तरफ धावा बोलते ही शंकर बाबू ने एक छलांग में पीछे से आगे आकर बुड्ढे के हाथ से डंडा छीन लिया।

मैंने अब महसूस किया कि हमारी गति धीमी हो रही थी।

तभी आसमान में बादल गड़गड़ाने लगे।

तभी तारकनाथ ने दोनों हाथों से बाल नोचते हुए अस्पष्ट स्वर में एक विचित्र अपरिचित भाषा में गोवांगी से न जाने क्या कहा।

गोवांगी और तारकनाथ अब आमने-सामने थे। मैंने उसी लटकती हुई हालत में ही किसी तरह गरदन घुमाकर गोवांगी के चेहरे को देखा। ऐसा चेहरा मैंने कभी नहीं देखा था। उसके दाँत निकले हुए थे। आँखें छिटककर बाहर आ रही थीं।

उसके हाथों की पकड़ अब ढीली पड़ गई थी, मेरे पैर अब जमीन पर थे। लालमोहन बाबू भी अब अपने पैरों पर खड़े थे।

"आप लोग जाकर गाड़ी में बैठिए।" पलकें झपकाए बिना गोवांगी की नजरों से नजरें टिकाकर तरफदार चीखकर बोले, "हम लोग अभी पहुँच रहे हैं।"

पीछे मुड़कर भागने से पहले देखा, तारकनाथ सर पकड़कर बैठ गए थे।

"टर्न बैक, टर्न बैक—पीछे लौटो, पीछे लौटो..." फेलूदा ने आदेश दिया। ड्राइवर हिन्दी नहीं जानता था। केवल तमिल और टूटी-फूटी अंग्रेजी जानता था।

गाड़ी घुमा लेने के बाद फेलूदा बोले, "नाउ बैक टू मद्रास—फास्ट—अब वापस मद्रास चलो—जल्दी।"

गाड़ी के बिजली-जैसी रफ्तार पकड़ने के बाद केवल एक व्यक्ति ने ही अपना मुँह खोला था—नयन ने।

"उस दैत्य के बयालिस दाँत थे।"

11

कोरोमंडल के मुगलई डाइनिंग रूम 'मैसोर' में बैठकर हमने जमकर लंच किया। अकल्पनीय बात यह थी कि आज के लंच का पूरा खर्चा लालमोहन बाबू उठा रहे थे। असली बात यह थी कि तरफदार ने सम्मोहन के बल पर उनकी जान बचाई थी। उसके लिए—उन्हीं की भाषा में—वे कृतज्ञता व्यक्त करने के लिए अपनी तरफ से लंच खिला रहे थे।

वे खाते-खाते फेलूदा की तरफ देखकर बोले, "बहुत तरह की रोमांचक घटनाओं के बीच पड़ा हूँ महाशय! थैंक्स टू यू—आपकी बदौलत—लेकिन आज का तो एकदम फाइव स्टार था।"

"दैत्य के चंगुल में कैसे फँस गए थे?" फेलूदा ने पहले ही उनसे पूछ लिया था। लालमोहन बाबू ने जो बताया था, उन्हीं की मुँहजबानी मैं यहाँ उसका वर्णन कर रहा हूँ।

"अरे कहिए मत महाशय—मैं तो लड़के (नयन) को कहानी सुनाने में मशगूल, गुफा में घुस रहा था और निकल रहा था। पल्लव-बल्लव सब मेरे दिमाग से निकल चुका था। एक गुफा के अन्दर जाकर मैंने देखा कि सामने ही महिषासुर की मूर्ति थी—निकल ही रहा था तभी एक दूसरी मूर्ति पर मेरी नजर पड़ी—वह बहुत ही विशालकाय वीभत्स मूर्ति थी। उसकी आँखें बन्द थीं और गहरे रंग पर लाल-सफेद डोरियाँ थीं। मन-ही-मन सोच रहा था ऐसा व्यतिक्रम क्यों?—यह भी सोच रहा था क्या यह घटोत्कच की

मूर्ति है?—क्योंकि महाभारत का बहुत कुछ यहाँ नजर आ रहा था। इतने में उस मूर्ति ने आँखें खोलीं। सोच सकते हैं, वह खड़े-खड़े सो रहा था!

"हाँ, आँखें खोलने के बाद उसने एक पल की भी देर नहीं की थी। मैं और नयन दोनों घबरा गए थे। उसी हालत में उसने हम दोनों को उठाकर दौड़ना शुरू कर दिया था।"

फेलूदा ने टिप्पणी की थी—"यह समझा जा सकता है कि गोवांगी साफ दिल का है। ऐसा भी हो सकता है कि उसमें अकल नाम की कोई चीज है ही नहीं। जो कुछ है वह केवल दैहिक बल है, नहीं तो सुनील उसे सम्मोहित नहीं कर पाता।"

आप और शंकर बाबू कहाँ गए थे, यह पूछने पर तरफदार बोले, "शंकर की हॉबी आयुर्वेद में है। उसने सुन रखा था महाबलीपुरम में सर्पगन्धा का पेड़ मिलता है; हम दोनों वहीं ढूँढ़ने गए थे। सर्पगन्धा लेकर हम वापस आ रहे थे तभी यह कांड देखा।"

"सर्पगन्धा तो ब्लड प्रेशर में उपयोगी है, ठीक कह रहा हूँ न।" फेलूदा बोले।

"हाँ," शंकर बाबू बोले, "सुनील का प्रेशर कभी-कभी हाई हो जाता है, उसी के लिए सर्पगन्धा लेने गया था।"

इसके बाद ही जटायु ने सबको खिलाने का प्रस्ताव दिया था, मुगलई खाने का प्रस्ताव भी उन्हीं का था; और सब उसके लिए तैयार हो गए थे।

चिकन-टिक्का कबाब का एक टुकड़ा खाते-खाते जटायु मुस्कराकर बोले, "आपकी उपयोगिता अब खत्म हो गई है, आज यह साबित हो गया।"

फेलूदा उनके मजाक को अनसुना करते हुए बोले, "उससे भी महत्वपूर्ण बात है गोवांगी नाकाम हो गया।"

"यस," जटायु बोले, "अब केवल मिस्टर बसाक रह गए हैं।"

आज मिस्टर रेड्डी भी हमारे साथ भोजन कर रहे थे, लेकिन शाकाहारी भोजन। परसों बड़े दिन के दिन तरफदार के शो का उद्घाटन होना है। विज्ञापन के मामले में रेड्डी ने कोई कंजूसी नहीं की थी, यह तो आते समय सड़क के दोनों तरफ अंग्रेजी और तमिल में बड़े-बड़े पोस्टरों को देखकर ही समझ गया था। सभी पोस्टरों में जादूगर की पोशाक में तरफदार की तसवीरों के साथ 'ज्योतिष्क—द वंडर बॉय'—का नाम था। रेड्डी ने सूचना दी थी कि इसी बीच पहले दो दिनों के सारे टिकट बिक चुके हैं। हाउस फुल हो चुका है।

"मैं तो कह रहा था कि आज और कहीं मत जाइए।" मिस्टर रेड्डी बोले, "और कल भी आराम करिएगा। आप लोगों पर आज जो कुछ बीता है, यह तो मैंने भी सुना। इस लड़के को लेकर किसी प्रकार की जोखिम मत उठाइएगा। अगर उसके साथ कोई हादसा हो गया तो जिन लोगों ने टिकट खरीदा है वे सभी पैसे वापस माँगेंगे। तब क्या हालत होगी, आपकी भी और मेरी भी। थियेटर में मैंने पुलिस का इन्तजाम किया है इसलिए शो के दौरान किसी तरह की गड़बड़ी की आशंका नहीं है।"

जटायु की कहानी पूरी हो गई थी। इसलिए नयन आज भोजन के बाद तरफदार के साथ दूसरे कमरे में चला गया था।

अभी भी हम इस चमत्कार की चरम सीमा तक नहीं पहुँचे थे, अपने कमरे में पहुँचने के पाँच मिनट के भीतर, मतलब ढाई बजे तक यह साबित हो गया था।

फेलूदा आज खिंचाई करने के मूड में थे। जटायु से कह रहे थे—"आज से आप ही सँभालिएगा, मेरे दिन तो अब खत्म हो रहे हैं—आदि-आदि।" लालमोहन बाबू भी इसका आनन्द ले रहे थे, इतने में टेलीफोन की घंटी बजी। फेलूदा एक मिनट तक अंग्रेजी में बात करके फोन रखकर बोले, "पहचान नहीं पाया। थोड़ी देर के लिए आना चाहता है।"

"आपने आने की अनुमति दे दी?" मैंने पूछा।

"हाँ", फेलूदा बोले, "होटल में आया है, नीचे से फोन कर रहा था। जटायु, प्लीज टेक ओवर।"

"मतलब!" लालमोहन बाबू का मुँह खुला का खुला रहा गया।

"मेरी उपयोगिता तो खत्म हो गई है। देखते हैं, आप सँभाल पाते हैं या नहीं।"

लालमोहन बाबू कुछ कहते, उससे पहले ही दरवाजे की घंटी बज उठी।

मैंने दरवाजा खोला तो सामान्य कद के पचास वर्ष के आसपास के उम्र के एक सज्जन अन्दर आए। उनके सर के बाल पतले और सफेद हो रहे थे लेकिन मूँछें काली और घनी थीं। वे एक बार जटायु और लालमोहन बाबू की तरफ देखकर अंग्रेजी में बोले, "आपके नाम से मैं परिचित हूँ मिस्टर मित्तिर, लेकिन आपके चेहरे से नहीं। व्हीच वन ऑफ यू इज—आप दोनों में से कौन है?"

फेलूदा ने सीधे लालमोहन बाबू की तरफ हाथ बढ़ा दिया। अब तक लालमोहन बाबू ने अपने आपको सँभाल लिया था। और उनसे काफी रोब के साथ हाथ मिलाया। मुझे याद आ रहा था कि फेलूदा ने ही एक बार जटायु से कहा था—"हैंडशेक पूरी तरह अंग्रेजी चाल है। इसलिए उसे अंग्रेजी मिजाज में ही करना चाहिए, मिनमिनाते बंगाली मिजाज से नहीं। हर समय ध्यान रखिएगा, गाय खानेवालों की पकड़ और मछली खानेवालों की पकड़ एक जैसी नहीं होती।"

लगता है उनकी यह बात ध्यान में रखकर ही जटायु ने कसकर आगन्तुक का हाथ पकड़कर दो बार पूरा शरीर हिलाकर हाथ छोड़ दिया, फिर बोले, "सिट डाउन, मिस्टर।"

वे सज्जन सोफे पर बैठकर बोले, "मैं अपना नाम बताऊँगा तो आप लोग मुझे पहचान नहीं पाएँगे, मैं यहाँ मिस्टर तिवारी के साथ आया हूँ। उनके साथ मेरा बहुत पुराना रिश्ता है...मैं भी आपकी तरह एक व्यक्तिगत जासूस

हूँ। मेरी कम्पनी का नाम था डिटेक्नीक। सत्ताइस साल पहले कलकत्ता में यह कम्पनी शुरू हुई थी। नाइनटी सिक्सटी एट में, आज से बाईस साल पहले मैं बॉम्बे चला गया था। अपनी कम्पनी भी वहीं ले गया था। इसलिए आपका नाम सुनने के बावजूद आपके साथ मुलाकात नहीं हो पाई है...मुझे आश्चर्य हो रहा है। आप चेहरे से जासूस लग रहे हैं। बुरा मत मानिएगा। मिस्टर मित्तिर चेहरे से आप एक बहुत अहम व्यक्ति लग रहे हैं। बल्कि इनके..."

आगन्तुक ने फेलूदा की तरफ देखा। जटायु रोब के साथ जोर देकर बोले, "ही इज़ माई फ्रेंड लालमोहन बाबू गांगुली। पावरफुल आउटस्टैंडिंग राइटर।"

"आप कहाँ के रहनेवाले हैं?"

उस सज्जन ने जो कुछ कहा वह बकरे की गरदन पर छुरा मारने की तरह ध्वनित हुआ था।

"कच।"

"कच्छ के?"

"यस, खैर जिस काम के लिए आया था..."

उन्होंने अपनी कोट की जेब से पासपोर्ट साइज का एक फोटो निकाल कर जटायु की तरफ बढ़ा दिया था! मैं उनके बिलकुल नजदीक नहीं बैठा था लेकिन फिर भी पहचान लिया था। वह हिंगोरानी की तसवीर थी।

"आप इसी व्यक्ति के लिए पेशेवर जासूस की हैसियत से काम कर रहे हैं न?"

फेलूदा निर्लिप्त बैठे थे। एक क्षण के लिए जटायु चौंक गए। हम लोगों को तो यही भरोसा था कि हम लोग हिंगोरानी के लिए काम कर रहे हैं। इसकी खबर किसी बाहरी व्यक्ति को नहीं है। तो फिर इन्हें कैसे पता चल गया?

"अगर यह सच है, तो मैं आपका प्रतिद्वन्द्वी हूँ।" आगन्तुक ने कहा, "क्योंकि मैं तिवारी का पक्ष देख रहा हूँ। उनका मामला अखबार में पढ़कर मैंने उनसे सम्पर्क किया था। बाईस सालों के बाद मेरा पता पाकर वह तो खुशी से झूम उठे थे। कलकत्ता में रहते वक्त मैंने एकाधिक मामलों में उनकी सहायता की थी, जिसे वे भूले नहीं थे। बोले, 'आई नीड योर हेल्प अगेन—मुझे फिर आपकी मदद की जरूरत है'। मैं तैयार हो गया। और फौरन काम में जुट गया। सबसे पहले हिंगोरानी के घर में फोन किया तो पता चला कि वे कलकत्ता में नहीं हैं। उनके किसी भतीजे ने फोन उठाया था, बोला, 'अंकल कहाँ जा रहे हैं, बताकर नहीं गए हैं।' मैंने एयरलाइंस में पता किया, मद्रास के यात्रियों की सूची में उनका नाम देखा। समझ गया तिवारी के धमकाने से वे घबराकर भाग गए हैं। इसके बाद मैं उनके घर पहुँचा था। उनके बेयरे से पता चला कि कुछ दिन पहले तीन बंगाली व्यक्ति हिंगोरानी से मिलने आए थे, उनमें से एक का नाम मित्तिर था। मुझे शक हो गया था, मैंने डायरेक्टरी से आपका नम्बर निकाल कर फोन मिलाया। एक सर्वेंट ने फोन उठाया और बोला, आप मद्रास गए हैं। मैंने दो और दो—चार का हिसाब लगाकर मद्रास आना तय कर लिया। कल यहाँ आते ही सभी होटलों में फोन करने से पता चला हिंगोरानी कोरोमंडल होटल में हैं। मैंने पूछा—मित्तिर नाम का कोई है? जवाब मिला—हाँ है। पी. मित्तिर। तभी तय कर लिया था आपसे मिलकर वर्तमान स्थिति का पता लगाऊँगा। आप यह तो मानते हैं कि हिंगोरानी ने आपको अपनी सुरक्षा के लिए नियुक्त किया है।"

"कोई आपत्ति?"

"मेनी!"

हम तीनों ही चुप थे, केवल फेलूदा कभी-कभी सिगरेट का कस लेकर धुएँ का रिंग छोड़ रहे थे। उन्हें देखकर अन्दाजा लगाना मुश्किल था कि उनके दिमाग में क्या चल रहा है।

"तिवारी की सन्दूक के मामले में क्या नया मोड़ आया है, आप जानते हैं?" अजनबी ने कहा।

"कलकत्ता के अखबारों में कुछ छपा है क्या?" जटायु ने पूछा।

"हाँ, बिलकुल नई जानकारी, जिससे मामले में ही उलटफेर हो गया है। अखबार देखकर ही मैंने तिवारी से सम्पर्क किया था। आपने जिसकी जिन्दगी बचाने का ठेका लिया है, वह कैसा इनसान है, आप जानते हैं? ही इज ए थीफ, स्काउंड्रेल एंड नम्बर वन लायर—वह एक चोर है और नम्बर एक झूठा।"

आखिरी बातें उन्होंने काफी तेज आवाज में कही थीं। जटायु लाख कोशिशों के बावजूद अपनी घबराहट छुपा नहीं पाए थे।

"हाउ डू यू नो? —आप यह कैसे कह सकते हैं?"

"इसका पुख्ता सबूत है। हिंगोरानी ने तिवारी के सन्दूक से पाँच लाख से ज्यादा रुपये चुराये हैं। सन्दूक के नीचे से हिंगोरानी की अँगूठी मिली है—मूँगा जड़ी सोने की अँगूठी। उनके दफ्तर के सभी लोगों ने वह अँगूठी पहचान ली है। अँगूठी लुढ़ककर एकदम पीछे चली गई थी इसीलिए इतने दिनों तक वहीं पड़ी थी। परसों बेयरे को कमरे की सफाई करते समय यह अँगूठी मिली। यही है मेरे खेल का मोहरा। दिस विल फिनिस हिंगोरानी—यह हिंगोरानी को निपटा देगा।"

"लेकिन जिस समय चोरी हुई उस समय यह हींगराज-खुड़ी—हिंगोरानी—दफ्तर में नहीं थे।"

"नॉनसेंस!" डिटेक्टिव गरज उठे। "हिंगोरानी ने रुपये आधी रात के समय निकाले थे, दफ्तर के समय नहीं। गोयनका बिल्डिंग में टी.एच. सिंडिकेट का दफ्तर है। उस बिल्डिंग के चौकीदार को पाँच सौ रुपये रिश्वत देकर वह रात के दो बजे दफ्तर में घुसे थे। यह बात चौकीदार ने पुलिस की पूछताछ के समय कबूल की है। सन्दूक का कॉम्बिनेशन तिवारी ने हिंगोरानी को बताया था। अब तिवारी को यह स्पष्ट याद आ गया है। लगभग पन्द्रह साल पहले तिवारी को पोलियो हो गया था, उसकी हालत नाजुक थी। उन दिनों हिंगोरानी उसके पार्टनर और घनिष्ठ मित्र थे। मित्र को बुलाकर तिवारी बोला था—अगर मुझे कुछ हो जाए तो सन्दूक कैसे खुलेगा? हिंगोरानी ने उसे हँसी-मजाक में टाल दिया था। लेकिन तिवारी ने नम्बर लिखने के लिए जबरदस्ती की थी जिस कारण आखिर उसे नम्बर लिखना पड़ा था।"

"लेकिन हिंगोरानी अचानक रुपये क्यों चुराएगा?"

"क्योंकि उसकी जेब खाली हो रही थी।" तेज आवाज में अजनबी बोला। "बुढ़ापे में उसे जुआ खेलने का शौक चढ़ा था। हर महीने एक बार काठमांडू जाता है। वहाँ जुए का अड्डा है, आप जानते हैं? उसी कैसिनो में जाकर रुलेट में हजारों रुपये हार आया है। तिवारी को इसका पता चल गया था। उसने हिंगोरानी को समझाने की कोशिश की। इस पर हिंगोरानी

भड़क गया। ऐसी स्थिति आई कि उसने घर का कीमती सामान बेचना शुरू कर दिया। आखिर कोई चारा न देखकर पॉर्टनर की सन्दूक पर उसकी नजर पड़ी थी।"

"आपने क्या करने की सोची है।"

"आप लोगों के कमरे से मैं सीधे उसके कमरे में ही जाऊँगा। मेरा विश्वास है चोरी के रुपये उसके पास ही हैं। तिवारी कैसा इनसान है, आप जानते हैं? उसने कहा है कि उसे अपने रुपये वापस मिल जाएँ तो वह अपने पार्टनर के विरुद्ध कोई कार्रवाई नहीं करेगा। यही बात मैं हिंगोरानी से कहूँगा—अगर इससे उसे कुछ अक्ल आ जाए?"

"और अगर न माना तो?"

उन सज्जन ने सिगरेट की एक लम्बी कश लेकर उसे ऐशट्रे में मींजकर फेंक दिया, फिर भयानक हँसी हँसकर बोले, "उस स्थिति में दूसरा उपाय सोचना होगा।"

"आप जासूस होते हुए भी गैरकानूनी काम करेंगे?"

"यस मिस्टर मित्तिर। सब जासूस एक श्रेणी के नहीं होते हैं। कई तरह के होते हैं। मैं जरूरत के अनुसार कदम उठाता हूँ। क्या आप नहीं जानते, जासूस और अपराधी के बीच फासला बहुत कम होता है।"

कहकर वे खड़े हो गए और जटायु से दोबारा हाथ मिलाकर—'ग्लैड टू मीट यू, मिस्टर मित्तिर गुड डे!' कहकर रोब के साथ कमरे से निकल गए।

हम तीनों कुछ देर खामोश बैठे रहे। फिर फेलूदा ने ही पहले बोलना शुरू किया—

"थैंक यू लालमोहन बाबू। चुप रहने का सबसे बड़ा फायदा है सोचने के लिए और वक्त मिल जाता है। किसी बीमारी के कारण—शायद डायबिटीज के कारण—हिंगोरानी कमजोर हो गया था। तभी बार-बार

उसकी कलाई-घड़ी खिसक रही थी और चोरी करते वक्त अँगूठी उँगली से गिर गई थी।"

"आप क्या तब इस जासूस की बातों पर यकीन कर रहे हैं?"

"कर रहा हूँ लालमोहन बाबू, कर रहा हूँ। बहुत सारी बातें अस्पष्ट थीं लेकिन इनकी बातों से सब कुछ स्पष्ट हो गया है। लेकिन हिंगोरानी ने रुपयों की चोरी अपनी गरीबी से छुटकारा पाने के लिए नहीं की है। उसने काठमांडू में जुआ खेलकर चाहे कितने ही रुपये हारे हों, उसे लगा कि नयन को पाकर उसकी सभी समस्याएँ खत्म हो जाएँगी। उसने रुपये चुराये अपनी कम्पनी, मिरैकल्स अनलिमिटेड कम्पनी, को प्रतिष्ठित करने के लिए और तरफदार को मदद करने के लिए।"

"तो फिर आप अब हिंगोरानी से नहीं मिलेंगे?"

"उसकी तो अब जरूरत नहीं। अब उससे मिलने जाएँगे डिटेक्निक के ये जासूस। हिंगोरानी को अब ये रुपये मजबूरन इस जासूस को लौटाने ही पड़ेंगे—अपनी जान बचाने के लिए। इसलिए तरफदार के संरक्षक के तौर पर उनका कोई भविष्य नहीं रह जाएगा।"

"तो फिर अब...?"

"यहीं खतम कीजिए लालमोहन बाबू। इसके बाद क्या होगा, मैं खुद भी नहीं जानता।"

12

जटायु और मेरा चूँकि कोई पीछा नहीं कर रहा था इसलिए शाम के समय हम दोनों समुद्र के किनारे हवा खाने निकल पड़े थे। हिंगोरानी की तकदीर में क्या लिखा है, हम नहीं जानते थे। लेकिन ऐसा लगने लगा था कि नयन को अब खतरे की कोई आशंका नहीं है। अगर तिवारी के रुपये लौटाने के बाद भी हिंगोरानी के पास काफी रुपये बच जाएँ तो तरफदार के शो में किसी तरह की रुकावट नहीं आएगी और पहले शो के बाद से ही टिकट के पैसों से उन्हें हिस्सा मिलने लगेगा। लगा कि हिंगोरानी को फिलहाल दिक्कत नहीं आएगी।

जटायु से यह कहते ही वे मुझे आँखें दिखाकर बोले, "तोपशे, आई ऐम शॉक्ड—मैं हतप्रभ हूँ। वह आदमी एक अपराधी है, दूसरे के सन्दूक से लाखों रुपये चुराये हैं, और वह नयन को भुनाकर पैसा कमाएगा, यह सोचकर तुम खुश हो रहे हो?"

"खुश नहीं हो रहा हूँ लालमोहन बाबू, हिंगोरानी के विरुद्ध जितने सबूत मिले हैं, उसके हिसाब से तो उसे अभी जेल भेजा जा सकता है। लेकिन उसका पार्टनर अगर दोस्त की खातिर कृपा करके उसे छोड़ दे तो हम और आप क्या कर सकते हैं?"

"वह आदमी जुआरी है—यह मत भूलना। कम-से-कम मेरी तो हिंगोरानी से कोई सहानुभूति नहीं है।"

हम दोनों का गला सूख रहा था। लालमोहन बाबू ने कोल्ड कॉफी पीने की बात कही, "यहाँ की कॉफी एक प्लस पाइंट है, यह तो मानना ही पड़ेगा।"

समुद्र के किनारे ही एक कैफे ढूँढ़कर हम लोग एक मेज पर कब्जा करके बैठ गए और वेटर को कॉफी लाने के लिए कहा। कैफे में काफी भीड़ थी। समझ रहा था, उसका व्यवसाय अच्छा चल रहा था।

एक मिनट के भीतर वेटर ने हमारे सामने मेज पर दो गिलास कॉफी लाकर रख दी। हम दोनों ही गरदन झुकाकर स्ट्रॉ को मुँह से लगाकर कॉफी पीने लगे।

"हैव यू टोल्ड योर टिकटिकी (छिपकली) फ्रेंड?"

लालमोहन बाबू बुरी आवाज निकालकर खाँसने लगे थे, उनके गले में कॉफी लग गई थी।

चेहरा उठाते ही टेबल की दूसरी तरफ एक चटकदार हवाई शर्ट पहने मिस्टर नन्दलाल बसाक को बैठे देखा।

लालमोहन बाबू के थोड़ा सँभल जाने के बाद वे बोले, "मिस्टर मित्तिर से केवल इतना कह दीजिएगा, नन्दलाल बसाक पैरों के नीचे जमीन पर घास नहीं उगने देता। पच्चीस दिसम्बर को अगर शो होता भी है तो उस शो का अन्तिम आइटम वहीं होगा। यह मैं यकीन के साथ कहता हूँ।"

हम लोगों की मेज के पास ही कैम्प का दरवाजा था, वे सज्जन अपनी बात कहकर दरवाजे से बाहर निकल गए। बाहर अँधेरा था इसलिए वह किस तरफ गए, मैं समझ नहीं पाया।

प्यास अभी बुझी नहीं थी, हम लोग कॉफी खतम करके पैसे देकर दस मिनट के भीतर टैक्सी से होटल की ओर चल पड़े।

होटल पहुँचने में आधे घंटे का समय लग गया। भीतर जाकर देखा, लॉबी में लोगों की भीड़ लगी हुई थी, साथ ही काफी सामान भी रखे

हुए थे। साफ पता चल रहा था अभी-अभी विदेशी पर्यटकों का कोई दल पहुँचा है। फेलूदा को नन्दलाल बसाक का सन्देश तुरन्त पहुँचाना जरूरी था। हम लोगों ने भागते हुए लिफ्ट में जाकर उसका चार नम्बर बटन दबा दिया।

चार सौ तैंतीस नम्बर कमरे के सामने पहुँचते ही समझ गए, कमरे में फेलूदा के अतिरिक्त और भी दूसरे लोग हैं, और काफी उत्तेजित ढंग से बातें हो रही हैं।

घंटी दबाने के पन्द्रह सेकेंड बाद फेलूदा ने दरवाजा खोला और सामने हम लोगों को पाकर हमारे ऊपर बरस पड़े।

"अगर जरूरत के समय तुम लोग सामने न रहो तो तुम्हारा यहाँ आना किस काम का?"

किसी तरह सकुचाते हुए अन्दर जाकर देखा—माथे पर हाथ रखे सुनील तरफदार सोफे पर बैठे हैं।

"मामला क्या है?" जटायु डरते हुए बोले।

"यह तो जादूगर से ही पूछ लो।" रुखे, स्वर में गम्भीर होकर फेलूदा बोले।

"क्या हुआ है?"

"मैं ही बताता हूँ," फेलूदा बोले, "अभी उसके मुँह से बोली नहीं फूटेगी।" खटाक से लाइटर से अपने होठों में दबी चारमीनार सिगरेट जलाकर धुआँ छोड़ते हुए फेलूदा बोले, "नयन लापता हो गया है। उसका अपहरण हो गया है। तू सोच सकता है?" इसके बाद फेलू मित्तिर की कोई इज्जत रहेगी? बार-बार सतर्क कर दिया था, नयन को कमरे से बाहर मत जाने देना—और इस तरह से शाम के समय—लॉबी लोगों से भरी हुई थी तब शंकर बाबू नयन को लेकर किताब खरीदने गए थे।"

"उसके बाद?" मैं अपनी धड़कनें खुद सुन रहा था।

"आगे आप ही बता दो तरफदार! या फिर यह भी मुझे ही कहना होगा?"

फेलूदा को इस तरह नाराज होते हुए कभी नहीं देखा था।

तरफदार अपना झुका हुआ सिर उठाकर दबे स्वर में बोले, "नयन कमरे में अकेले-अकेले परेशान हो उठा था इसलिए शंकर उसे किताब खरीदने के लिए ले गया था। किताब मिल भी गई थी, दूकानवाली लड़की दो किताबें पैक करके कैश मेमो बना रही थी—शंकर का ध्यान उस पर था। अचानक लड़की बोल उठी—"दैट बॉय।" शंकर ने पीछे मुड़कर देखा तो नयन वहाँ नहीं था। उसने तुरन्त दुकान से निकलकर लॉबी में उसे ढूँढ़ा, नयन का नाम लेकर पुकारा, दो-चार लोगों से पूछा, लेकिन कोई फायदा नहीं हुआ। लॉबी में इतने लोगों की भीड़ थी कि उसमें नौ साल के एक लड़के को संग लेकर..."

"यह कब की घटना है?"

"यही तो बलिहारी है," फेलूदा झुँझलाकर बोले—"यह डेढ़ घंटे पहले की बात है और सुनील अभी दस मिनट पहले आकर मुझे बता रहा है।"

"बसाक," जटायु बोले, "नो डाउट एबाउट इट—इस बारे में कोई सन्देह नहीं।"

देख रहा हूँ आप अत्यन्त आत्मविश्वास के साथ ऐसा कह रहे हैं।"

"मैंने कैफे की घटना फेलूदा को बताई। फेलूदा गम्भीर हो गए।

"आई सी, मुझे यही डर था। मतलब कुकर्म करने के कुछ ही समय के भीतर तुम लोगों से मिला हूँ।"

"शंकर बाबू कहाँ हैं?" जटायु ने पूछा।

तरफदार सर बिना उठाए ही बोले, "थाने में।"

"केवल पुलिस में रिपोर्ट लिखवाने से ही काम खतम नहीं होगा," फेलूदा बोले, "तुम्हारा संरक्षक है, थियेटर का मालिक है, क्या वे नयन

के बिना शो करने के लिए तैयार हो जाएँगे? आई हैव ग्रेट डाउट्स—मुझे गहरा सन्देह है।'

जटायु ने एक बार फेलूदा की तरफ और एक बार तरफदार की तरफ देखा।

"उन्हें सूचना देने की हिम्मत नहीं हुई, इस सम्मोहन प्रवर की। कह रहे थे, 'आप काइंडली मिस्टर मित्तिर! मेरे जाने पर वह आदमी मेरा गला दबाकर मार डालेगा।'

"सुनिए," लालमोहन बाबू जैसे अभी-अभी अचानक नींद से जागे, "आप मत जाइए, सुनील बाबू को जाने की जरूरत नहीं है। हम लोग चले जाते हैं—क्यों तोपशे, तैयार हो न?"

फेलूदा होठों में सिगरेट दबाकर भौंहें सिकोड़कर सोफे पर बैठते हुए बोले, "जाना है तो अभी जाइए। तोपशे, तू अंग्रेजी बातचीत में थोड़ा हेल्प कर देना।"

हिंगोरानी के कमरे का नम्बर था दो सौ अस्सी। हम दोनों ने सीढ़ियों से उतरकर उनके दरवाजे की घंटी बजाई । दरवाजा नहीं खुला।

"कभी-कभी ये घंटियाँ काम नहीं करती हैं," जटायु बोले, "एक बार अच्छी तरह दबाकर देखो तो।"

लगातार तीन बार घंटी बजाने के बाद भी जब दरवाजा नहीं खुला तब मजबूरन हम लोगों को लॉबी में जाकर हाउस टेलीफोन से 288 डायल करना पड़ा था।

घंटी बजती रही मगर कोई जवाब नहीं आया।

इसी बीच लालमोहन बाबू रिसेप्शन में पता लगाने चले गए थे। उनका जवाब था—"हिंगोरानी जरूर अपने कमरे में ही होंगे, क्योंकि उनकी चाबी यहाँ नहीं है।"

अब जटायु के मुँह से अंग्रेजी का फुहारा निकला। भाषा टेलीग्राफिक थी।

"बट इम्पॉर्टेंट सी हिंगोरानी—वेरी इम्पॉर्टेंट। क्या डुप्लीकेट नहीं है?"

रिसेप्शन के आदमियों ने खुशी-खुशी हमें डुप्लीकेट चाबी दे दी।

चाबी लेकर होटल बॉय के साथ हम लोग दोबारा लिफ्ट से पहली मंजिल पर हिंगोरानी के कमरे के सामने पहुँच गए।

चाबी घुमाते ही ईयेल लॉक खट से खुल गया था। बॉय ने दरवाजा ठेल दिया। मैंने उसे कहा, "धन्यवाद!" जटायु मुझसे पहले कमरे में घुसकर तुरन्त झटके से पीछे आकर मुझसे ही टकरा गए। उसके बाद विचित्र स्वर में उनके होठों से तीन टुकड़ो में यह शब्द निकला—

"हिंग-हिंग-हिंग!"

तब तक मैं भी कमरे में घुस गया था, अन्दर का दृश्य देखकर क्षण-भर में मेरा गला सूखकर काठ हो गया।

पलंग पर हाथ-पैर फैलाकर हिंगोरानी पड़े हुए थे, हालाँकि उनके दोनों पैर लटककर फर्श के कार्पेट को छू रहे थे। उनके बदन पर लाल, नीले और सफेद रंगों की जो छटा बिखर रही थी, उसका स्रोत थी बाईं तरफ मेज पर रखी टीवी, जिसमें कोई हिन्दी फिल्म चल रही थी। हालाँकि किसी तरह की आवाज टीवी से नहीं आ रही थी। उनके जैकेट के बटन खुले हुए थे, जिसमें से उनकी कमीज पर गीले लाल रंग के धब्बे नजर आ रहे थे, और उसके बीच में छुरे का हत्था गड़ा था।

13

हिंगोरानी का कत्ल डिटेक्निक के जासूस ने ही किया था। इसमें कोई सन्देह नहीं था क्योंकि पुलिस के डॉक्टर ने विभिन्न जाँच करने के बाद कहा था कि कत्ल ढाई बजे से साढ़े तीन बजे के बीच हुआ था। जासूस महोदय मेरे कमरे से पौने तीन बजे तक निकले थे और चलते-चलते उन्होंने कहा था कि वे वहाँ से सीधे हिंगोरानी के कमरे में जा रहे हैं। यह भी साफ था कि हिंगोरानी तिवारी का पैसा लौटाने को तैयार नहीं थे। इसीलिए जासूस ने अपने कहे अनुसार उचित कदम उठाया था। हिंगोरानी के कमरे से बेडसाइड टेबल पर रखे पैंसठ पैसों के अतिरिक्त एक भी पैसा नहीं मिला। एक सूटकेस के सिवा कमरे में दूसरा कोई सामान नहीं था। रुपये जरूर ब्रीफकेस वगैरह में रहे होंगे, पर उसका कोई निशान अब नहीं था।

फेलूदा ने पुलिस को बताया कि खूनी ने अगर रुपये लिए होंगे तो वे रुपये वह कलकत्ता ले जाकर टी.एच. सिंडिकेट के मिस्टर देवकीनन्दन तिवारी को सौंप देगा। कलकत्ता पुलिस को इसकी सूचना देनी जरूरी है।

फेलूदा को खूनी के चेहरे का ब्योरा देते समय कहना पड़ा कि उस आदमी का नाम वे नहीं जानते। उन्होंने कहा, "केवल इतना बता सकता हूँ कि शायद वह कच्छ प्रान्त के व्यक्ति हैं।"

मिस्टर रेड्डी सूचना पाते ही चले आए थे और अब हमारे कमरे में ही बैठे थे। मैंने सोचा था कि इस घटना के बारे में सुनकर वे बेहोश हो जाएँगे।

लेकिन उसके विपरीत मैंने देखा कि नयन के बिना ही कैसे शो को आकर्षक बनाया जा सकता है, वह यही सोच रहे थे। यह साफ पता चल रहा था कि तरफदार से उन्हें सहानुभूति हो गई थी। बोले, “यदि शो न रोककर आप हिप्नोटिज्म का खेल डबल कर दें तो कैसा रहेगा? मैं मद्रास के लीडिंग फिल्म स्टारों, डांसरों और सिंगरों को उद्घाटन के दिन आमंत्रित करूँगा। आप उन लोगों को एक-एक करके स्टेज पर बुलाकर बुद्धू बना दीजिएगा। आईडिया कैसा है?”

तरफदार सर झटककर गहरी साँस लेकर बोले, “केवल आपके वहाँ शो दिखाने से तो मेरा काम भी नहीं चलेगा। मैं जानता हूँ, नयन की खबर चारों तरफ फैल गई है। सभी मैनेजर तो आपकी तरह नहीं है मिस्टर रेड्डी! उनमें से ज्यादातर पक्के व्यवसायी हैं। नयन के बगैर उनमें से ज्यादातर बुकिंग ही नहीं करेंगे। एक साथ दो-दो विपत्तियों ने मुझे बरबाद कर दिया है।”

फेलूदा ने तरफदार से पूछा, “हिंगोरानी ने क्या पहले ही तुम्हें कुछ पेमेंट कर दिया था?”

“कलकत्ता में रहते ही कुछ पेमेंट किया था; उससे हम लोगों के आने-जाने का खर्चा निकल आया था। एक बड़ी किस्त कल देने वाला था। वह तिथि-नक्षत्र देखकर सारा काम करता था। आने वाले कल की तिथि शुभ थी।”

मिस्टर रेड्डी परेशान थे। बोले, “तुम्हारी स्थिति मैं समझ सकता हूँ। ऐसी मन:स्थिति में तुम्हारे लिए शो करना नामुमकिन है।”

“सिर्फ मैं ही नहीं मिस्टर रेड्डी, मेरे मैनेजर शंकर को इतना धक्का लगा है कि वह बीमार पड़ गया है। उसके बिना मेरा काम नहीं चलता।”

पुलिस आधे घंटे पहले चली गई थी। वह सिर्फ कत्ल की तहकीकात करने वाली थी। वह मद्रास के विभिन्न होटलों, लॉजों और धर्मशालाओं में छानबीन करके जानने की कोशिश कर रही थी कि हमारे

बताए हुए चेहरे की तरह चेहरे वाला कोई व्यक्ति पिछले दो-चार दिनों में वहाँ ठहरा है या नहीं। हिंगोरानी के भतीजे मोहन से फोन पर सम्पर्क किया था। कल वह यहाँ पहुँचकर लाश की शिनाख्त करके अन्तिम संस्कार करने वाला था। फिलहाल शव मोर्ग में था, पुलिस ने यह भी बताया कि छुरे के हत्थे पर किसी की अँगुलियों के निशान नहीं हैं। नयन के मामले की तहकीकात फेलूदा स्वयं करना चाहते थे जिस पर तरफदार सहमत हो गए थे।

मिस्टर रेड्डी अब कुर्सी से उठकर बोले, "मैंने तो आप पर ही भरोसा कर रखा है मिस्टर मित्तिर। दो दिनों के लिए शो को रोकना पड़े तो मैं उसके लिए भी तैयार हूँ। इन दो दिनों में आप ज्योतिष्क का पता लगाइए—प्लीज।"

रेड्डी के जाने के मिनट भर बाद तरफदार भी उठते हुए बोले, "दो दिन देखता हूँ। इस बीच अगर नयन न मिले तो कलकत्ता लौट जाऊँगा। आप क्या यहाँ और कुछ दिन रहेंगे?"

"अनिश्चित समय तक रहना तो जरूर सम्भव नहीं है।" फेलूदा बोले, "लेकिन इस तरह से आँखों में धूल झोंकने को भी मान लेना मुश्किल है। देखता हूँ..."

तरफदार के चले जाने के बाद सिगरेट का अन्तिम कश लेकर फेलूदा अपने चिरपरिचित स्वर में एक चिर-परिचित शब्द धीमी आवाज में तीन बार बोले, "खटका-खटका-खटका...।"

"अब यह कैसा खटका?" जटायु बोले!

"हिंगोरानी को बार-बार सतर्क कर दिया था कि वे किसी अपरिचित व्यक्ति के लिए दरवाजा न खोलें; तो फिर डिटेक्निक अन्दर कैसे पहुँचे? तो क्या हिंगोरानी उसे पहले से पहचानते थे?"

"इसमें कोई आश्चर्य की बात नहीं है," जटायु ने कहा, "हिंगोरानी ने हमसे कितना झूठ बोला था, कितनी बातें छुपाई थीं।"

एक बात फेलूदा से बोले बिना मुझसे रहा नहीं गया।

"फेलूदा, आप केवल हिंगोरानी के कत्ल के बारे में ही क्यों सोच रहे हैं? मुझे केवल बार-बार यही महसूस हो रहा है, कि एक गलत व्यक्ति की हत्या हो भी गई है तो वह जितनी चिन्ताजनक बात है उससे ज्यादा चिन्ता का विषय है, नयन जैसे एक लड़के का लापता होना। तो हिंगोरानी के बारे में सोचना छोड़ दें और नयन के बारे में सोचें।"

"मैं दोनों के बारे में सोच रहा हूँ रे तोपशे, लेकिन दोनों घटनाएँ न जाने क्यों आपस में उलझ रही हैं?"

"यह कैसी पहेली है?" लालमोहन बाबू खीझकर बोले, "दोनों तो दो अलग-अलग घटनाएँ हैं—इन्हें आपस में उलझा क्यों रहे हैं?"

फेलूदा जटायु की बातें अनसुनी करके दो-चार बार सर झटककर बोले, "नो साइन ऑफ स्ट्रगल-संघर्ष का कोई लक्षण नहीं...?"

"वह तो सुना, जटायु बोले, "पुलिस भी तो यह ही कह रही है।"

"कई लोगों की नींद में ही हत्या कर दी जाती है, वैसा भी तो नहीं है वैसा कैसे हो गया? जूता-मोजा पहनकर कोई सोता है क्या?"

"बहुत सारे शराबी सोते हैं क्योंकि वे अपनी चेतना खो देते हैं।"

"लेकिन उसके कमरे में तो शराब पीने का सबूत नहीं है, हाँ, यह हो सकता है कि वह बाहर से पीकर आया हो और दरवाजा खुला छोड़कर सो गया होगा।

"उहूँ"

"व्हाई नॉट—क्यों नहीं?"

टी.वी. चालू था, हालाँकि आवाज एकदम कम थी, और पास ही मेज पर ऐशट्रे में आधी जली हुई सिगरेट जलकर पूरी राख हो गई थी, मतलब वह सज्जन टी.वी. देखते-देखते सिगरेट पी रहे थे। उसी समय दरवाजे की घंटी बजी थी। हिंगोरानी ने टी.वी. की आवाज कम करके ऐशट्रे पर सिगरेट रखकर दरवाजा खोला होगा।

“दरवाजा खोलने से पहले किसने घंटी बजाई है, उसने नहीं पूछा था?”

“हाँ, लेकिन परिचित आवाज सुनने के बाद तो कोई हिचक नहीं रहती है।”

“फिर तो यही मानना पड़ेगा उस जासूस से हिंगोरानी परिचित थे। और हिंगोरानी नहीं जानते थे कि वह अच्छा आदमी नहीं है।”

“फिर भी जब उस व्यक्ति ने छुरा निकाला था, उस समय भी क्या हिंगोरानी ने कोई प्रतिरोध नहीं किया, कोई संघर्ष नहीं किया?”

“फिलहाल तो ऐसा ही लगता है। किस हालत में ऐसा हुआ होगा वह आप सोचकर बताइएगा। अगर आप ऐसा नहीं कर सके, तो समझना होना आपके पाठकों का आरोप बेवजह नहीं हैं। कहाँ खो गई है आपकी वह चमक, वह प्रखर...।”

“चुप।”

लालमोहन बाबू को ब्रेक लगाना बड़ा था।

फेलूदा की नजर अब हम लोगों से हटकर दीवार पर चली गई थी—आँखों में प्रखरता थी और माथे पर सिकुड़नें।

जटायु और मैंने एक मिनट तक चुपचाप उनका नया चेहरा देखा। उसके बाद हमारे कानों में फुसफुसाकर कही गईं कुछ बातें पहुँचीं।

“समझ गया। लेकिन क्यों, क्यों, क्यों?”

दस-बारह सेकेंड की खामोशी के बाद लालमोहन बाबू बोले, “क्या आप कुछ समय अकेले रहना चाहते हैं?”

“थैंक यू मिस्टर गांगुली, आधा घंटा, आधा घंटा अकेले रहना चाहता हूँ।”

हम दोनों वहाँ से चले आए।

14

मैं जैसा चाह रहा था, लालमोहन बाबू भी वैसा ही चाह रहे थे, दोनों नीचे कॉफी शॉप में बैठकर चाय पीना चाहते थे।

हम दोनों कॉफी शॉप में जाकर एक टेबल पर बैठ गए और वेटर को चाय लाने के लिए कहा। "अगर चाय के साथ सैंडविच मिल जाता तो अच्छा होता।" जटायु बोले, "खाली चाय तो बहुत जल्दी खत्म हो जाएगी।" वेटर खड़ा ही था, चाय के साथ-दो प्लेट चिकन सैंडविच जोड़ दिया।

आने से अन्दाजा हो गया था कि फेलूदा को इस मामले में रोशनी नजर आने लगी थी, मगर अभी शायद कुछ और पुख्ता होना बाकी था, मगर मुझमें एक सिहरन-भरी अनुभूति जगने लगी थी।

हमारे पास समय था। लालमोहन बाबू ने मौके का फायदा उठाकर हाल ही में उनके दिमाग में आए उपन्यास का आइडिया मुझे सुनाया। हर बार की तरह इस बार भी उपन्यास का शीर्षक पहले ही सोच लिया था। मंचूरिया का रोमांच। बोले, "चीन के बारे में कुछ पढ़ लेना होगा। हालाँकि मेरे इस उपन्यास में आज के चीन की तसवीर नहीं मिलेगी, बल्कि वह मन्दारिनों का चीन होगा।"

चाय खत्म हो गई थी, लालमोहन बाबू की कहानी भी, लेकिन अभी भी दस मिनट का समय बाकी था।

कॉफी शॉप से बाहर लॉबी में आकर जटायु बोले, "अब बताओ क्या करना है?"

मैं बोला, "मैं एक बार उस बुक शॉप पर जाना चाहता हूँ। अब तो वह हम लोगों के लिए एक ऐतिहासिक जगह बन गई है। नयन तो वहीं से गायब हुआ है।"

"गुड आइडिया। यह भी हो सकता है कि इस बार अपनी भी पुस्तकें डिसप्ले में देखने को मिले।"

"इडली-डोसा के राज्य में आपकी किताबें नहीं मिलेंगी, लालमोहन बाबू!"

"पता करके तो देखूँ!"

दुकान में बैठी महिला की उम्र ज्यादा नहीं थी और देखने में भी अच्छी थी। जटायु, 'एक्सक्यूज मी' कहकर उस महिला की ओर बढ़ गए।

"यस सर!"

"डू यू हैव क्राइम नॉवेल्स—क्या आपके पास अपराध कथावाले उपन्यास है?—ये क्या कहते हैं—किशोर्स?"

"किशोर्स?" उस महिला की भौहें सिकुड़ गईं।

"फॉर यंग पिपुल्स।" मैं बोला।

"इन व्हाट लैंग्वेज—किस भाषा में?"

"बांग्ली—आई मीन बंगाली।"

"नो सर, नो बेंगाली बुक्स! सॉरी, बट वी हैव लॉट्स ऑफ चिल्ड्रेंस बुक्स इन इंग्लिश—नहीं सर बांग्ला किताबें नहीं है! सॉरी, लेकिन हमारे पास अंग्रेजी में बच्चों के लिए काफी किताबें हैं।"

"पता है—आई नो।"

उसके बाद थोड़ा हँसकर फर्स्ट गीयर में बोलना शुरू किया—टू डे—मतलब दिस आफ्टरनून ए फ्रेंड...यानी...नू...।"

मैं समझ गया सेकेंड गीयर में गाड़ी अटक गई है। मुझे ही बताना पड़ा कि आज ही शाम के समय हमारे एक मित्र आपकी दुकान से अंग्रेजी में बच्चों की दो किताबें खरीदकर ले गए हैं।"

"दिस आफ्टरनून?"

"यस!" जटायु बोले, "नो?"

"नो सर!"

"नो?"

उस महिला ने हमें बताया कि पिछले चार दिनों से उन्होंने बच्चों की एक भी किताब नहीं बेची है। हम दोनों एक-दूसरे को देखने लगे। मेरा दिल धड़क रहा था। मैं रुँधे स्वर में बोला, "दस मिनट हो गया है लालमोहन बाबू!

उस महिला को 'थैंक यू' कहकर हम लोग लगभग भागते हुए लिफ्ट में पहुँचे। लिफ्ट का बटन दबाकर रूखे स्वर में जटायु बोले, "यह तो बड़ी अनोखी बात है।"

मैंने उस बात का कोई जवाब नहीं दिया क्योंकि मुझे बात करने की इच्छा नहीं हो रही थी।

चाबी घुमाकर कमरे में पहुँचकर हम दोनों एक साथ बोल पड़े—

"ओ महाशय!"

"फेलूदा!"

"वन एट ए टाइम एक बार में एक।" फेलूदा ने डाँटा।

मैंने कहा, "मैं बताता हूँ। शंकर बाबू किताबों की दुकान में नहीं गए थे।"

"कोई नई खबर है तो बताओ। यह पुरानी खबर है।"

"आप जानते हैं?"

"मैं समय बरबाद नहीं करता लालमोहन बाबू! किताब की दुकान से करीब बीस मिनट पहले ही हो आया हूँ। मिस स्वामीनाथन से बातें हुईं। यह खबर आप लोगों को देने गया था, जाकर देखा कि आप दोनों सैंडविच खा रहे हैं; इसीलिए चला आया।

"तो फिर...?" मेरा सवाल अधूरा रह गया।

"तरफदार आ रहा है। उसने अभी-अभी फोन किया था। काफी

उत्तेजित लग रहा था। देखता हूँ क्या सूचना देता है।"

तभी दरवाजे की घंटी बजी।

तरफदार का चेहरा उतरा हुआ था। "मुझे बचा लीजिए फेलू बाबू! तरफदार बेहद घबराकर बोले।

"क्या हुआ?"

"शंकर। उसके कमरे में गया था। वह फर्श पर बेहोश पड़ा है, मेरी विपत्तियों का अन्त होता नजर नहीं आता।"

फेलूदा से इस प्रश्न का एक अद्‌भुत जवाब मिला।

"नहीं सुनील तरफदार, अभी तो शुरुआत है।"

"मतलब?" टूटे हुए स्वर में तरफदार बोल उठे।

"मतलब तो अत्यन्त सहज है, सुनील। तुम अभी भी शराफत का चोला पहने घूम रहे हो; यह चोला तुम्हें शोभा नहीं देता सुनील! तुम तो भयंकर अपराधी हो।"

"मिस्टर मित्तिर, मुझसे इस तरह की बातें करने का आपको कोई हक नहीं बनता।"

"क्या कह रहे हो सुनील? जासूस अपराधी को पकड़ लेने के बाद उस पर दोषारोपण नहीं करेगा? तुम अभी हमारे कमरे में आए हो। अब यहाँ से सीधे पुलिस कस्टडी में चले जाओगे। पुलिस पाँच मिनट में यहाँ पहुँच रही है।"

"मेरा अपराध क्या है, मैं जान सकता हूँ?"

"जरूर! एक, तुम कातिल हो, दूसरे तुम चोर हो! यही मैं पुलिस के सामने साबित करूँगा।"

"आप पागल हो गए हैं आप उलटी-सीधी बातें कर रहे हैं।"

"बिलकुल नहीं। हिंगोरानी किसी अपरिचित व्यक्ति के लिए दरवाजा नहीं खोलेंगे, यह उन्होंने खुद कहा था। जिसे हम लोग कातिल समझ रहे थे

अर्थात वह कच्छ प्रदेश में रहने वाला जासूस, उसे हिंगोरानी नहीं पहचानते थे। इसीलिए वह जासूस हिंगोरानी की तसवीर साथ लाए थे ताकि वे निश्चित हो जाएँ कि वे सही आदमी से मिलने जा रहे हैं। लेकिन हिंगोरानी तुम्हें बहुत अच्छी तरह पहचानते थे। तभी तो तुम्हारे परिचय देने के बाद उनका तुम्हारे लिए दरवाजा खोल देना स्वाभाविक था।"

"एक बात आप भूल रहे हैं, फेलू बाबू! पुलिस ने साफ-साफ कह दिया है, हिंगोरानी ने कातिल को रोकने का कोई प्रयास ही नहीं किया था। देयर वॉज नो साइन ऑफ स्ट्रगल—वहाँ संघर्ष का कोई चिह्न नहीं था। मैं अगर छुरा लेकर उनकी तरफ बढ़ता तो क्या वे मुझे रोकने का कोई प्रयास ही नहीं करते।"

"एक खास मामले में कभी नहीं करते।"

"वह मामला क्या है?"

"वह तुम्हारा ही मामला है तरफदार! सम्मोहन। हिंगोरानी को सम्मोहित करके उनका कत्ल करने से वे विरोध कैसे कर सकते थे?"

"आपका पागलपन अभी तक खत्म नहीं हुआ है, फेलू बाबू! हिंगोरानी मेरे अन्नदाता थे। उनके सहयोग पर मेरा पूरा भविष्य टिका हुआ था। मैं क्या इतना ही मूर्ख हूँ कि मैं उसी व्यक्ति का कत्ल कर दूँगा, जिनके सहयोग से आगे बढ़ रहा था। जिनकी सिल है, जिनका लोढ़ा है, उन्हीं के दाँत तोड़ूँगा? आप तो हास्यास्पद बात कर रहे हैं मिस्टर मित्तिर, आपकी बातें सुनकर हँसी आती है।"

"इस वक्त हँस लो, चमकदार तरफदार, इसके बाद ऐसा मौका नहीं मिलेगा।"

"क्या आप यही इशारा करना चाहते हैं कि मेरा असली सहारा नयन लापता हो जाने के बाद, मैंने अपना विवेक खोकर कत्ल किया है?"

"नहीं, तुमसे ही पता चला है कि शाम को नयन लापता हुआ था और हिंगोरानी मारा गया था दोपहर के ढाई बजे से साढ़े-तीन बजे के बीच।"

"आप अभी भी उलटी-सीधी बातें कर रहे हैं मिस्टर मित्तिर। जरा दिमाग ठंडा रखने की कोशिश कीजिए।"

"मेरे सर पर पानी डालकर देखो तरफदार, देखोगे कि पानी बर्फ हो गया है।...अब मैं तुम्हें एक खबर सुनाता हूँ। मैं अभी थोड़ी देर पहले उस किताब की दुकान में गया था। दुकान पर जो महिला बैठती हैं उनसे मेरी बात हुई। उन्होंने जानकारी दी है कि पिछले चार दिनों में उनकी दुकान से बच्चों की एक भी किताब नहीं बिकी है, और न ही किसी ग्राहक के साथ कोई छोटा बच्चा उनकी दुकान में गया था।"

"शी-शी मस्ट बी लाईंग—वह निश्चित रूप से झूठ बोल रही है?"

"नो, सुनील तरफदार—नॉट शी। झूठे हो तुम और तुम्हारा सचिव शंकर हुबलिकर। शंकर के सिर पर पोर्सिलिन का राखदान दे मारा था। शायद इसीलिए उसे थोड़ी देर बाद होश आ जाएगा। लेकिन तुम्हारा अड़ियलपन अभी भी खत्म होता नहीं दिख रहा है।"

"शंकर को आपने ही अचेत किया है?"

"यस, सुनील तरफदार!"

"क्यों?"

"क्योंकि वह कत्ल के कारणों को छुपाने की कोशिश कर रहा था।"

दरवाजे की घंटी बज उठी।

"तोपशे मिस्टर रामचन्द्रन को अन्दर ले आ।"

दरवाजा खुलने के बाद रामचन्द्रन ने अन्दर आकर फेलूदा की तरफ जिज्ञासु दृष्टि से देखा।

फेलूदा के कुछ कहने के पहले ही तरफदार रामचन्द्रन की तरफ देखकर चीख पड़े—"ये सज्जन मुझ पर कत्ल का इलजाम लगा रहे हैं, लेकिन कोई कारण या मकसद नहीं बता पा रहे हैं।"

फेलूदा तुरन्त बोले, केवल कत्ल का ही नहीं तरफदार, भूलो मत—

डकैती का भी। हिंगोरानी का एक-एक पैसा अब तुम्हारे पास है—पाँच लाख से ज्यादा—जिससे तुम अपना संरक्षक खुद ही बनना चाहते थे।

फेलूदा अब मेरी तरफ मुड़ गए।

"तोपशे, बाथरूम में जो है उसे जरा यहाँ ले आ।"

मैं बाथरूम का दरवाजा खोलकर चकित रह गया। सामने नयन खड़ा था। वह बाथरूम से निकलकर फेलूदा की ओर बढ़ गया।

"शंकर ने इसे अपने बाथरूम में बन्द करके रखा था। असली घटना मेरी आँखों के सामने स्पष्ट होते ही मैं शंकर के कमरे में जाकर उसे बेहोश करके नयन को ले आया था। अब नयन से ही सुन लो अपने भविष्य का सन्त्रास और अपने कत्ल और चोरी करने का मार्ग चुनने की वजह!"

तरफदार की ओर मैंने देखा तो पाया कि वह बुरी तरह काँप रहा था।

फेलूदा बोले, "नयन, बताओ तो कि तरफदार को कितने सालों तक जेल में रहना होगा?"

"मैं नहीं जानता।"

"नहीं बता सकते?"

"नहीं।"

"क्यों नयन? क्यों नहीं बता सकते हो?"

"मेरी आँखों के सामने अब कोई नम्बर नहीं घूम रहा है।"

"नहीं देख पा रहे हो?"

"नहीं, आपको बताया तो, कि सारे नम्बर गायब हो गए हैं।"

❑❑❑